Lars Kamping

Wir werden alle sterben

Hundertsechzehn Texte

Impressum


Cover: Nataluna
Korrektorat: Ines Brodda-Sikora
Satz und Layout: Frederik Offen

Angabe einer ladungsfähigen Adresse lt. Telemediengesetz (TMG)
zur Zufriedenstellung von Abmahn-Anwälten und deren Kanzleien:
Lars Kamping
Ehemannstr. 8
90478 Nürnberg
lars_kamping@gmx.net

Lars Kamping

# Wir werden alle sterben

## Hundertsechzehn Texte

Diese Gedichte habe ich für euch alle geschrieben
Denn ich kann euch nicht mehr leiden ...
Lasst mich bitte nur dieses eine Mal ausreden
Diese Gedichte habe ich für euch alle geschrieben
Denn ich kann euch nicht mehr leiden sehen

# I. ALLTAGSALMANACH

## DIE ZEHN ERSTBESTEN ROMANANFÄNGE

... Ich kannte mal einen, der war in einem Schaltjahr am 29. Feber geboren. Es gibt wenig über ihn zu erzählen. Er wurde nicht alt ...

... Vor einem Bild stehend, erkannten die Betrachter, dass man vor ihnen doch glatt nur einen Rahmen aufgehängt hatte, in dem das sich darin Befindliche lediglich durch diese Abgrenzung auf das gleiche außerhalb hindeutete ...

... Als er erwachte, konnte er sich nicht erinnern, jemals eingeschlafen zu sein. Es erschien ihm wie ein absurder Traum, dass er, auf Samt gebettet, keine Ruhe mehr finden und sich deswegen so lange wälzen sollte, bis er wieder auf einem dünnen Laken zu liegen kam, das unter keinen Umständen nicht imstande wäre, ihn genügend zu wärmen. Wann würde er die allem anhaftende Kälte endlich erfolgreich bezwingen können ...

... Sie hatte keinen Fetzen mehr am Leibe. Alles hatten sie ihr runtergerissen, weil sie sich nicht hatte freiwillig ausziehen wollen, wie sie es von ihr forderten. So flog denn auch der durchsichtige Seidenslip durch die Luft, der kaum zu sehen war ...

... Die Räuber planten ihren Coup minutiös genau. Sie beschäftigten sich nächtelang mit nichts anderem und waren durch rein gar nichts von ihrer Tat abzubringen, die sie tags darauf verüben sollten ...

... Die Entstellungen waren grässlich. Keiner war verschont geblieben. Dieser Ausschlag hatte einfach jeden befallen, und sämtliche Oberflächen waren mit pockenartigen Narben, sich aufplusternden Wucherungen und porös aufplatzenden Schwelbränden aufs Scheußlichste überzogen. Widerliche Geschwülste, die da aus den Eiern schlüpften, ausbrüteten selbst die bislang unerwähnt gebliebenen Brandwunden, deren Blasen über den Köpfen schwebten wie Kronen, die zackig und abgehackt im Comicstil sprachen, als wollten sie sich ausdrücken wie Pubertierende in allen Altersklassen die Pickel ...

... Die infamsten Lügen sind die mit dem größten Wahrheitsgehalt. Sie haben sich in den Dienst eines treulosen Königs gestellt, der seine Anhänger bei der nächstbesten Gelegenheit verrät, seinem eigenem System also entgegenarbeitet ...

… Ein Gutes hatte die Sache jedoch. Sie war beliebig zer- und auslegbar und auch noch bis ins kleinste Detail recht leicht ohne allzu großen Aufwand auszuführen, etwa so wie ein Hund, eine Dame oder ein Freund ins Kino, oder in eine Metzgerei, ein Caféhaus, einen Frisiersalon, eine Badestube, ein Modefachgeschäft, einen Ramschladen, eine Kellerkneipe, eine Opiumspelunke, eine Schwulen- und Lesbendiskothek, einen Puff, eine Werkstatt, ein Schneideratelier, eine Künstlergalerie, einen Tanzschuppen, eine Quarantänekammer, einen Wald, eine Irrenanstalt …

… Der Spuk war vorbei, und da saßen all die ertappten und bloßgestellten Gespenster, rasselten mit ihren Ketten, zappelten dabei nicht schlecht und hatten allesamt zu kurze Hemden an, was sie stark erschauern ließ, wollten sie doch wie jeder andere auch etwas zu verbergen haben …

… Wir hatten uns ein Segelboot gemietet und beabsichtigten, noch vor der nächsten Flaute oder zu kräftigen Brise das Wasser, beziehungsweise das Schiff zu entern, die Takelage zu stürmen und den Ausguck zu erklimmen, andere Segel aufzuziehen und in See zu stechen, bis sie rot wurde oder sonst was geschah, wovon uns bis jetzt allerdings immer die Nachricht einer aufziehenden und herannahenden Gewitterfront namens Anonymous, der achte, abgehalten hatte, die dann jedoch nie so erfolgte, wie sie längen- und breiten- so hochgradig gefährlich beschrieben wurde …

## FRISUREN

Wir durchkämmten mehr oder weniger besiedelte Gegenden und sahen die geflochtenen, gezopften und gedreadlockten Haare der Menschen hier; manche hatten sie aufgestellt, und andere ließen sie herunterhängen; viele bedeckten auch ihre Häupter mit Tüchern, die wiederum oft mit Zymbeln behangen waren, die rasselnde oder bimmelnde Geräusche von sich gaben; einige trugen Körbe auf ihren Köpfen mit Gegenständen, die sie auf dem Markt zum Verkauf feilboten, oder die sie von ihm nach Hause transportierten; die jüngeren mussten sie noch festhalten, während die älteren, geübteren sie ohne Probleme trotz des wackligen Ganges und ob ihrer Last kunstvoll ausbalancierten. So durchkämmten auch sie die Dörfer, Städte, Steppen und Savannen gleich uns, und wie wir in andere Regionen kamen, wechselten die Landschaften, doch die Frisuren blieben sich weiterhin ähnlich, und als wir dann versuchten, unsere eigenen verfilzten Haare zu durchkämmen, ging es nicht mehr, ein Umstand, der schließlich nur zur Verringerung der Unterschiede beitrug, so dass wir letztendlich unsere Skalps eintauschten gegen ein Entlausungsshampoo, das wir gar nicht benötigten.

## MEIN KOPFTUCH

Mein Kopftuch
War mein Halstuch
War mein Handtuch
War mein Taschentuch
Was bleibt noch zu sagen
Außer dass es auch danach aussah

# DER LUMPENSAMMLER

Hätte ich im 18. Jahrhundert gelebt, so wäre mir meine Berufswahl nicht sonderlich schwer gefallen. Ich wäre unweigerlich in den ehrenvollen – man will ja schließlich keine unbedeutende Rolle einnehmen, schon gar nicht in der Vergangenheit, was Ihnen jeder Reinkarnierte sicherlich mit Leichtigkeit bestätigen kann, denn befindet sich doch unter ihnen grundsätzlich nie das schnöde Fußvolk, sondern immer nur Kaiser, Feldherren und dergleichen mehr – ich wäre also folglich in den äußerst ehrenvollen Berufsstand des Lumpensammlers eingetreten, damals noch ein wohlfeiles, von Landesfürsten dekretiertes Gewerbe, das mit besonderen Privilegien ausgestattet, gar viel Würde einbrachte, denn nicht jeder durfte zu jener Zeit Lumpen kaufen, sammeln und verkaufen. Ich hätte mir eine Konzession, einen speziellen Zertifikats-Schein auf das Sammeln von Lumpen ausstellen lassen und wäre dann ein allseits anerkannter und hoch gerühmter Lumpensammler geworden. Ich wäre ein wichtiges Glied in der Kette der Papierproduktion geworden und hätte als Hauptlieferant der Papiermühlen einen weitaus sinnvolleren Kampf als etwa ein Don Quichote ausgefochten: Ich wäre ein wackerer Streiter für die Literatur und die Wissenschaften geworden und hätte mit den Lumpen solange gehadert, bis das Hadern mit dem Papier sich nicht mehr hätte lumpen lassen.

Wäre ich im 19.Jahrhundert geboren, so wäre ich bestimmt Holzfäller geworden und auf dem Holzwege, statt auf dem der Lumpen und des Haders, zu den Papierherstellern geraten.

Da ich jedoch ein Kind des 20.Jahrhunderts bin, bleibt mir nichts weiter übrig, als weiterhin Stoffsammlungen, wie die hier vorliegende, anzufertigen.

## AUS DEM NÄHKÄSTCHEN

In einer aufklappbaren Schatulle
Die oben mit grünem Filz ausgeschlagen ist
Stecken die pieksenden Flickutensilien
Der Nadellänge und Ösengröße nach aufgereiht
Am Rand die praktisch-scharfe Allzweck-Haushaltsschere

Darunter befinden sich
Verschieden große kleinere Fächer
Mit vielfarbigem und unterschiedlich starkem Garn vollgestopft
Die Unsortierbaren

Ganz unten links
Fast schon versteckt
Von all dem Faden-Kram
Liegen die Sicherheitsnadeln
Die nur zustechen können
Wenn sie aus ihrer Fassung geraten

Auf der rechten Seite schließlich
Beinah schon symmetrisch angeordnet
Haben drei Fingerhüte ihre Heimat gefunden
Die sind voll von Fusseln und passen nirgends
Auf keine kleine Fingerkuppe mehr

Früher gab es sie noch
Personen
Die Nähen
Davon wurde Abstand genommen

## MEIN KLEINER TASCHENSPIEGEL

In meinem kleinen Taschenspiegel
Reflektiert sich die ganze Welt
Auch wenn ich beim Rasieren und Schminken
Nur einen Ausschnitt von ihr seh'
In meinem kleinen Taschenspiegel
Ziehe ich Grimassen darüber
Wie ich ausseh', dass ich erneut mein Lächeln verschenk', wieder lachen kann
Dass ich mir nicht immerzu wie wahnsinnig durchs Haar fahr', es stramm kämm'
Dass ich nicht meine unreine Haut anschau', sie am liebsten wegätzen möcht'
Und dass ich ihn nicht beständig darum anbetteln muss
Endlich ein Anderer sein zu dürfen
Erkenn' ich mich doch schon gar nicht wieder
Denn bin ich nicht bereits der seit langem ersehnte Andere
In meinem kleinen Taschenspiegel
Den ich allzeit zu blenden bereit in meiner Tasche vorfinde
Und in ihm mich wie ich all diese Schauspielerallüren ausführe
In meinem kleinen Taschenspiegel

## ICH WILL DIR ETWAS GEBEN

Hallo, wie heißt du
Mein Name ist Omar oder Amadou
Ich verkaufe Masken, Ringe und Ketten
Dort hinten – da – gleich in dem Geschäft
Über dem auch meine ganze Familie schläft
In einem winzigen Raum ohne Betten

Ich will dir etwas geben
Damit du mich nicht vergisst
Ich habe zwar gerade nur genug zum Leben
Aber du kriegst es gerne umsonst von mir
Weil du so freundlich und mir wohlgesonnen bist
Stammen wir denn nicht ab vom selbem Tier
Das unser aller Wiege und Ursprung ist

Ich heiße übrigens Sidi oder Babadour
Und dieses wunderschöne und prächtige Präsent
Bekommst du nur, bekommst nur du, bekommst du nur
Wenn du mir etwas oder vielmehr genug Geld dafür schenkst

## MARTIALISCHER MATERIALISMUS

Neulich hat sich ein Bekannter von mir Marterpfähle zugelegt. Er beteuerte, dies sei ein neues Sportgerät, sei sich da aber nicht so sicher. Auf alle Fälle könne man damit abnehmen. Wie viel sie ihm dafür abgenommen hätten, wollte ich wissen. Nicht ganz billig sei es gewesen, versicherte er, dennoch wolle er keine Haftung für die versprochenen Eigenschaften übernehmen. Die meisten Dinge gingen ja ohnehin erst nach Ablauf der Garantie kaputt.

In der Zwischenzeit übernahmen sich ein paar Firmen und wurden übernommen. Das nannte sich Fusion.

Nach ein paar Tagen traf ich ihn wieder. Er stand eng an einen Baum gepresst und behauptete steif und fest, er ginge spazieren. Erst dachte ich mir nichts dabei. Doch dann bemerkte ich, als er zunehmend ermattet dreinschaute, einen der Marterpfähle sorgfältig neben ihm an den Stamm gelehnt, der ihm als Stütze diente. Er könne sich einfach nicht mehr von ihnen trennen, denn in dieser Angelegenheit sei er nun eigen. Er habe schließlich darauf bestanden, sie zu besitzen. Aber im Stehen ginge es besser, was überwiegend am Horizontalen liege.

## GESELLSCHAFTSSPIELE

Ich bin kein Sonnenkind
Und fand das auch gar nicht schlimm
Als nachts die Sonne nicht mehr schien

Ich bin kein Sonnenkind
Schau ich zu lang zu ihr hin
Werde ich wie sie genauso blind

Ich bin kein Sonnenkind
Woraus ihr angebliches Lächeln zum Lachen entspringt
Das ist, wenn der heiße Schweiß dir in die Augen rinnt
Und du grimassierend Gesicht und Mund verziehst

Ich bin kein Sonnenkind
Welches wie eine Zigarette verglimmt
Und während du den letzten Zug hinterm Mond nimmst
Damit du dich näher an der Sonne befindest
Bin ich immer noch kein Sonnenkind
Und keiner kann überprüfen, ob's stimmt
Läuft man dann so richtig ordentlich sonnenbebrillt
Aus dem Bild in einen anderen Film
Will ich das nächste Gesellschaftsspiel

## VOR DEM EINTRETEN IN EINEN FERNSEHER

Schrott
Schund und Verdummung
Bilddung, nichts weiter
Im nächsten Programm
Musicclips, natürlich ausschließlich Hits
Eins weiter Comicstrips
Nächtens dann: echter Striptease oder Eroticthriller
Zum Stecker aus der Dose ziehen
Dies alles und das Ganze
Daraufhin die Nachrichtenmeldung
Dass die Notstromaggregate sich aktiviert haben
Also sei auch du nicht passiv
Kleiner Zapp-Philipp
Die Talkshow lädt zum Mitlabern ein
Und die Küchenschaben aus der Kochsendung
Fordern dich zum Mitessen auf
Die Mitesser bitten wir, erst in der Pause auszudrücken
Auch der Klogang ist dann auszuführen
Leg dich nun wieder hin, sonst störst du deinen Gleichgewichtssinn
Kleiner Zapp-Philipp
Denn gleich kommt ein toller Spielfilm
Auch garantiert noch nicht wiederholt
Sieh, wie die Guten die Bösen ausschalten
Ein Happy End
Und das ist doch ein Wort
Extra, nur für dich gedreht und gesendet
Empfängst du
Beim Ausschalten des Fernsehgeräts
Schrott

## THEMAVERFEHLUNGEN

I. Familie

Eine Frau mit einem kleinen Raumfahrer im Bauch geht mit ihm an der Nabelschnur angeleint spazieren. Er will einfach nicht Platz machen.

II. Heimat

Ich sehe von dem Fenster meiner Wohnung aus, wie der Biergarten sich geleert hat; alle sind nach Hause gegangen. Ich werde auch bald heimgehen.

III. Krieg

Eine Frau präsentiert ihr Nudelholz.
Ein Soldat trägt sein Gewehr.
Ein Geschäftsmann schultert seine Krawatte.

Die Eheleute legen es aufeinander an
und gehen in Gefechtsstellung.

Die Kinder kauern im Graben.
Lauernde Haustiere im Garten.

IV. Unfall

Nachdem er mit dem Auto gegen eine Mauer gefahren war,
stieg er humpelnd aus dem Wagen.
Später stellte sich heraus,
dass ein Arm gebrochen war.

V. Schicksal

Auf diese aalglatte Bananenschale
werde ich nicht hereinfallen, sagte sie.
Ein paar Meter weiter besiegelte

ein ausgeschnittener und zerbissener
Melonenhalbmond ihr Geschick.

## JÄGER UND SAMMLER

Unser ganzes Leben haben wir nur mit Sparen zugebracht, um euch etwas bieten zu können. Unser ganzes Leben haben wir dieses unser Häuschen abbezahlt und das soll nun der Dank dafür sein...

Sie hatte Diabetes mellitus Typ II b, deswegen sammelte sie Zucker, ihr wisst schon, diese firm beschrifteten Tütchen, die einem in jedem Café, Hotel oder Restaurant nachgeschmissen werden. Für andere sind sie wertlos, aber für sie ...

Er führte diese Strichliste seit geraumer Zeit. Dieses Jahr war er besonders erfolgreich gewesen. Er hatte bereits 13 Jungfrauen defloriert, dank dem Charme seines Kindchenschemas war er oftmals imstande, die noch versteckten Muttergefühle zu erwecken ...

Früher hob ich immer die Steine auf, die ich am Wegrand oder auf Feld und Wiesen fand, um sie zu Hause in Kisten aufzubewahren. Als ich dann steinreich war, faszinierten mich diese weißen Steine mit den bizarren Formen am meisten. Später stellte sich heraus, dass es sich bei ihnen um hart gewordene Hundeköttel handelte ...

Was die Leute nicht alles wegschmeißen heutzutage, riefen wir einander zu, als wir von Sperrmüll zu Sperrmüll liefen, denn wir konnten es uns damals nicht leisten, alles neu anzuschaffen, um uns eine Wohnung einzurichten ...

Die Hausfrau und Mutter, deren Haus alt und vergilbt war und deren Kinder groß und ausgewachsen waren und sie verlassen hatten, belegte erst einen Goldschmiedekurs für Fortgeschrittene, dann einen Computerkurs für Anfänger, danach einen Englischkurs auf Highschoolniveau, um schließlich ein Eheinstitut für Davongelaufene aufzusuchen. Vielleicht würde sie auf der Abendschule das Gymnasium nachholen, um irgendein pädagogisches Fach studieren zu können, wollte sie sich doch letztendlich noch so richtig selbst verwirklichen ...

Der geizige Greis hortete sein Geld in der Matratze. Statt auf zusammengepresstem Futon, Heu, Wollfusseln oder Federn schlief er also auf seinen Scheinen, denn mit Kleingeld gab er sich gar nicht erst ab, vielmehr wechselte er die Münzen sofort in Papiergeld, sobald die dazu benötigte Summe vorhanden war. Mit zunehmend fortschreitenden Alter suchte ihn immer wieder derselbe Alptraum heim: nach einer Inflation würden sie ihn bei lebendigem Leibe mit seinen Scheinen mumifizieren, zuvor ihm noch alle inneren Organe herausnehmen und die somit entstandenen Hohlräume mit Klimpergeld anfüllen, aus ihm also praktisch ein schlachtreifes Sparschwein machen ...

Die Lumpensammlerin schob gemächlich ihren Einkaufswagen, der mit Pfandflaschen – einige Einwegblechdosen waren ebenfalls daruntergeraten, mit halb zerfetzten Lampenschirmen, zum Teil zerrissenen Klamotten von der Altkleidersammlung, aber auch durchaus gut erhaltenen, mit Sperrholz, Buchattrappen, entdrahteten Regenschirmen, zerlöcherten Schuhen und vielerlei sonstigem Gerümpel vollgepackt war. Auf einmal blieb sie ganz abrupt stehen, um geschäftig in einem überquellenden Mülleimer nach weiterem brauchbarem Material zu wühlen ...

Der Paparazzi stachelte seinen Chauffeur dazu an, dem Auto vor ihnen in der vorgegebenen halsbrecherischen Geschwindigkeit zu folgen und, sobald eine Überholspur kommen oder der Gegenverkehr es zulassen würde, auf gleicher Höhe zu fahren. Er hielt die Kamera im Anschlag. Wenn er dieses Bild ergatterte, würde er um einiges wohlhabender sein. Neben dem anderen Auto angelangt, begann er zu knipsen, was das Zeug hielt. Dann verruckelte plötzlich die Sicht, weil sie wieder einscheren mussten. Als der Überholvorgang beendet war – es ging alles unglaublich schnell – sahen sie noch im Rückspiegel und aus dem Heckfenster, dass der Wagen zur Leitplanke hin abgedrängt wurde und sich mehrmals überschlug. Der Paparazzi schoss, so oft es noch möglich war, die letzten Photos ...

In der Schlussszene schließlich sitze ich hier am Schreibtisch und erfreue mich an jenen erquickenden kleinen Bildchen. Dann schlage ich in diversen Katalogen nach, ordne zu, finde den Marktwert heraus, schaue, was mir in dieser Reihe noch fehlt, und erstelle meine eigene Systematik, in der ich mich selbst fraglos am besten auskenne. Doch vielleicht ist das ja alles umsonst gewesen, und ich darf ihnen meine Briefmarkensammlung gar nicht zeigen ...

## GROSSE TISCHE KLEINE TISCHE

steintische, holztische, apathische,
runde tische, eckige tische, enigmatische
wohnzimmertische, esstische, phlegmatische
schreinertische, nähtische, statische, statistische
plastische, elastische, lasttische, stammtische, waschtische
puppentische, katzentische, kaffeetische, teetische, fetische
gelbe tische, grüne tische, blaue tische, rote tische
große tische, kleine tische, fein gedeckte tische, saubergeleckte tische
symphatische, psychosomatische, psychopathische,
somapsychotische

Fertisch, und wieder ein Gedicht aufgetischt

## IN DEN KÜCHEN SCHABEN

Ich weiß nicht, ob ich es gebacken krieg'
Weiß nur, dass ich fast am Kochen bin
Denn ich rieche die Lunte des Bratens
Soll er doch im eigenen Saft schmoren
Überlaufen wird er ja ohnehin
Lebt er doch überall im Speck wie die Maden
Die auf ewig irgendwie ihre immensen Vorräte horten
An denen sie so lang zu knabbern haben
Bis der Ofen aus ist
Und ich weiß immer noch nicht
Ob ich es gebacken krieg'

## EINHEIZEN

Der Krieg ist aus
Der Krieg ist aus
Der Krieg ist aus
Der Krieg ist ausgebrochen

Mal angenommen
Ich Würde
– Im Übrigen sind das zwei Begriffe, die einander ausschließen –
Ich Würde – also mal angenommen –
Mit meinen Feinden kollabieren
Also solange Bier mit ihnen trinken
Bis wir allesamt einen Koller davon bekommen
Um sie dann zu fragen
Wollt ihr den totalen Tick?
Politik am Stammtisch zu machen
Gehört hier zum Schönen, Guten und Waren
Kann man überall alle kaufen
Und wenn die Geschäfte leer sind
Gibt's ja noch das Netz
Bereits 30% lassen sich dort gelegentlich fangen
Das kann ich sadistisch belegen
Dass 70% Sex mit ihrem Computer haben
Während sie unbefriedigt an ihrer Maus herumfummeln
Dabei könnten sie doch sinnvollere Dinge tun
Seien wir mal ehrlich
Um zum Beispiel einen schnuckelig aussehenden Salat anmachen
Dabei den Fernseher anschalten, kurz noch etwas zappen, bevor man sie lange zappeln lässt
Oder sie könnten so richtig in die Politik gehen, das heißt in die Wirtschaft
Oder vielleicht auch nur in die Kultur
Obwohl, dort kann man heutzutage immer multimedialer werden
Und es vielleicht sogar zum Multimilliardär bringen
Und dann heizt es des weiteren:

Wir sind wieder Wer
Wir sind wieder Wer
Wir sind wieder Wer

# Wir sind wieder Wer-Wölfe

## VOM ERKRANKEN DER SIMULANTEN

Jemand dreht die Heizung auf
Und es ist Sommer
Jemand betätigt die Dunstabzugshaube
Und es ist Herbst
Jemand öffnet das Gefrierfach
Und es ist Winter
Jemand macht den Wasserhahn an
Und es ist Frühling

Dieser Jemand sitzt in seiner Wohnung
Und simuliert die Jahreszeiten

Jemand nimmt ein Getränk aus dem Kühlschrank
Und bekommt eine Sommergrippe
Jemand zündet sich eine Zigarette an der Herdplatte an
Und hat eine Winterdepression
Jemand lässt sich ein Bad einlaufen
Weil er Herbstgliederschmerz verspürt
Und schmeißt den Föhn in die Wanne
Um der nächsten Frühjahrsmüdigkeit zu entgehen

Jener Jemand sitzt in seiner Wohnung
Und tat nur so, als würde er die Jahreszeiten simulieren wollen

Jemand langt in eine Starkstromsteckdose
Und es ist Sommer
Jemand bekommt seinen Kopf in den Deckenventilator
Und es ist Herbst
Jemand hat sich im Kühlraum eingeschlossen
Und es ist Winter
Jemand hat die Toilette verstopft
Und es ist Frühling

Dieser andere Jemand sitzt wohl nicht mehr in seiner Wohnung
Denn er simulierte die Naturkatastrophen

Und somit ist es also erneut bewiesen:
Die meisten Unfälle passieren eindeutig im Haushalt
Und demnach saß denn der nächste Jemand
Lieber die Jahreszeiten wieder ab

Und mied stattdessen seine Wohnung
Indem er sein Dachstübchen überprüfte
Und Gesundsein erst dann simulierte
Wenn ihm danach auch wirklich beliebte

## DER ALLTAG HAT SCHON SO MANCHEN UMGEBRACHT

Jeden Morgen wieder aufstehen
Um mich weiter zu vergiften
Zuerst mit Kaffee und Zigaretten
Dann mit so Frühstückchen
Die mir gar nicht schmecken
Dazu kommen manchmal Tabletten
Um etwaigen Durchfall abzuwenden
Daraufhin muss ich zur Arbeit rennen
Zeit absitzen, um Geld zu verdienen
Mich wach halten durch Kaffeetrinken
Währenddessen immer an Zigaretten ziehen
Zwischendurch ein schnelles Mittagessen
Wenn ich es nicht aus Versehen vergesse
Auch dieser Tag wird bald vorübergehen
Ohne irgendwelchen alten oder neuen Freunden zu begegnen
Werd' später noch etwas Alkohol in mich reinschütten
Mir vielleicht den einen oder anderen Joint drehen
Mir den Wecker noch auf Sechse stellen
Um morgen dann wieder aufzustehen
Um mich weiterhin umzubringen

## GEDICKICHT

Mit dem kalten Schweiß der Nacht
Deckte ich mich morgens zu
Als Rinne, die eine Furche zog
Als Lurch, der seinen Schwanz einzog
Wie unter Strom, ein Sog
So lag ich – mich bewegend
Dass die Decke mir verrutschte
Und weder kuschelte noch kuschte
Es gelte denn, die gähnenden Grotten
Die die Matten bettlägrig machten
Zu übersehen, die Spalten, die inwärts schielen
Pupillen und andere schwarze Löcher mehr
Durch die Winde pfiffen, die den Föhn mir schickten
Die mit Schmatzen mich einsaugten wie eine aufgewühlte See
Mein Tagefieber trockenlegten auf Eis
Ausgehöhlt und von einem Panzer umgeben

# II. NATURE MORTE

## WETTERGEGERBT

Als es mir ans Leder gehen sollte
Hatte ich mir ein dickes Fell zugelegt
Auch wenn die Sonne mir ein Loch
In diesen Pelz brennen wollte
Und all die kannibalistischen Dunkelmänner
Zur Häutung vor den Kochtopf schritten
Der mit seinen gigantischen Ausmaßen
An einem Regenbogenhenkel
Über einer Dschungelbrandrodung hing

Die Lippen waren bereits abgeschält
Wie die bittere Yamsschale mit einer Machete
Als mein Fleisch sich dagegen aufzubäumen begann
Und das alles nur aus dem einen Grund heraus
Um die eigene Fortpflanzung
Meine von überzüchtetem Saatgut erstickten Keime
Weiterhin gewährleisten zu können

Die Strahlen der Sonne
Und das Blinken der Zähne
dachten sich wohl
Sie würden unter dieser ersten Schicht
Eine helle, weiß leuchtende Goldader erglänzen sehen
Und keinen schwarzen Panzer aus Chitin
Aus dem wiederum unverdauliches Öl
Vermischt mit wertloser Tinte hervorspritzt

## DIE SONNE GEHT ÜBER

Die Sonne geht über dem Sonnenblumenfeld unter
Die Sonne ist eine Melange aus Hitze, Dürre, Katastrophe
Angereichter Stickstoff, fingerdick, zum Zerschneiden tauglich
Die Schreie, das Gebell der Hunde, das Röhren der Kühe werden
Wenn sie durch diese Luft noch dringen
Von wie grölendem Grillengezirpe niedergesummt und ausgefüllt
Denn es gibt hier keine Lücken zwischen den Lauten
Manchmal fahren auch die Pfiffe von Lokomotiven und das
Brummen der Autos dadurch
Oder das Sirren eines Insekts, das Sichschütteln eines Baumes, soweit
das Dröhnen
Bis das Wummern des Himmels einem endlich die Augen schließt
und
Noch ein paar Mal das Fiepsen im Schnaufen der eigenen Nase zu
hören ist und
Die Sonne dann hinter dem Sonnenblumenfeld wirklich untergeht

## ACKERAKT

Ich sehe eine weite Weide
Grün bedeckt von verschimmelten Vogelscheuchen
Im Wimmern des Windes verkümmern

Ich sähe die alles erstickende Jauche
Das Gefauche und Knirschen des Korns überhörend
Da tretet ihr auf und zu den Ähren, umrahmt von Grannen
Und mit Grauen und verhaltener Wut stellt ihr fest, ich sähe euch

Als zerrupfte Vogelscheuche damals dem Wind hinterher pfeifend

Sehe ich noch immer weite Weiden
Und wie sie in fette Felder unterteilt
Heute wieder zu Heiden werden
Und vor Leben sterben
Wenn sie zu modern bestellt vermodern

## UMWELTZERSTÖRUNG

Ich tadelte mich, vergessen zu haben, entweder meinen vor Stürmen und Feuchtigkeiten mich schützenden Hut aus exklusivem Schlangenleder oder meine warm- und arterhaltende Marderfellmütze aufzusetzen. Ich werde mir gewiss eine Erkältung holen, oder aber zumindest eine allergische Reaktion auslösen. Andererseits hörte ich so die Geräusche und Wortfetzen besser, die der Wind mir mit Bestimmtheit um die unbedeckten, nicht mit Schmalz verklebten Ohren wehen würde. Desgleichen wäre ich natürlich selbstverständlich offener, aufgeschlossener und empfänglicher für meine Umgebung; ich könnte sie sozusagen in mich aufnehmen, sie möglicherweise sogar verarbeiten. Auch verschafft die erfrischende Brise meinem Kopf eine erleichternd-reinigend-heilende, fast schon betäubend zu nennende Genugtuung, wie ich sie sonst wohl nur aus gut ausgehenden Filmen, von ereignislosen Gesprächen oder vom Verzehr mich verbrauchender Konsumgüter her kenne.

– Ich durchbreche demnächst die Schallmauer, sagte ich zu mir, und dachte mir im Stillen, dass ich so gerne davonfliegen würde bei einer Außenbordtemperatur von – 65°Celsius und den für gewöhnlich gerade noch erträglichen Turbulenzen, die manchmal einen kleinen Schwindel zu verursachen imstande sind; etwa wie es dies frühmorgens ein Krach schlagender Radiowecker mit der nölend, wenig verwöhnenden Stimme eines moderaten Moderators und dem dazugehörigen pogromartig-miesen Programm, oder die einen Heidenlärm machende Müllabfuhr ebenso schafft, dass man aus dem Schlaf gerissen aufwacht, man davon erschreckt aus der angenehmen Ruhelage in die Höhe fährt, was in diesem Fall einer Fahrt in die Hölle gleichkommt, man daraufhin bemerkt, dass die Wirklichkeit des Traumes, die einem einen Moment zuvor noch vorgeschwebt hatte, sich ins Nichts verflüchtigt hat, man sich schließlich die verdunkelnde Augenklappenkappe vom Gesicht runterreißt und sich in den Arsch beißt, dass man erneut zu geizig war, bei den hohen Kosten die Heizkörper anzuwerfen, und sich, um keinen Ausschlag mehr zu bekommen, wieder nicht um den Wasserfilter gekümmert hat, und sich überhaupt darüber ärgert, dass man lebt und sich letztendlich fragt, warum denn keiner auf einen hört, wenn man meint, dass allein unsere Umwelt uns zuerst kaputtmacht und dann zerstört.

## MÜLLSCHLUCKER

Ich fresse jeden Dreck
Kein Rotz ist vor mir sicher
Kein Müll erteilt mir eine Abfuhr
Und ich bleib' dabei nicht auf der Strecke
Am liebsten mag ich die Gerüche
Von Phospat, Glutamat und Konservierungsmitteln
Da komm ich so richtig auf Touren

Ich schütt' jeden Schutt in mich rein – ey
Ich bekomme monatlich meine festen Bezüge
Selbstverständlich habe ich selbst dazu keine
Die Bezüge sind mir schon lange verlorengegangen
Hauptsache ich habe sie immer pünktlich erhalten
Ich bin der Wohlstandsbildungsbürger
Und als solcher besorge ich mir Konzerttheaterabokarten
Angelegentlich über irgendetwas muss man ja klatschen
Und die Wände sind doch mit anerkannten Kunstwerken behangen

Ich geb' mir jeden Dreck
Besonders beim Vergnügen bin ich überhaupt nicht wählerisch
Ich stehe unverrückbar auf meinem Fleck
Und kleckere weiter zwecklos vor mich hin
Gibt es allgemein eine schlechte Kritik, so äußer' ich mich abfällig
Nimmt sich jemand anders zu viele Freiheiten heraus
Verwerfe ich ihn weg oder mache ihm gleich den Kehraus
Gar auskömmlich bin ich nur mit den Leuten die mir gleichen
Ansonsten gehe ich über säuberlich verpackte Plastiksackleichen
Denn das geringste Übel ist immer noch das
Von dem ich am wenigsten kübel'

## DER DENKER

Er grübelt und grübelt
Über Gott und die Welt
Stützt dabei mit der Hand den Kopf
Lehnt sich auf sein sich doppelt sehnendes Kinn
Und denkt beim Barte des Propheten
Sich zum Metaphysischen hin
Und glaubt, das hat doch alles keinen Zopf
Was soll das, die Hände flechten beim Beten
Das kommt mir überhaupt nicht in den Sinn
Soll ihm doch wachsen ein Kropf
Das wäre wenigstens so etwas wie ein Gewinn
Und an dieser Stelle widersprechen sich alle Apologeten
Ich aber sage, er packt auch nur die Gelegenheiten beim Schopf
Obschon er grübelt und grübelt
Über Gott und die Welt

## DER SEHER SPIELT MIT IHNEN

Er sieht die Kinder mit alten, ausgedienten Autoreifen sich lange beschäftigen
Er sieht sie aus Ästen und Styropor einen Besen anfertigen und den Boden fegen
Er sieht sie aus Metallscheiben, Draht und Schnur Miniaturautos bauen und mit ihnen herumfahren
Er sieht sie aus Stoff- und Papierresten, Steinen, Federn, Holzstäben und Bindfäden
Flugobjekte basteln und diese durch die Gegend gleiten und segeln lassen
Er sieht sie mit einer Konservendose und Blechbüchsen als Torpfosten Fußball spielen
Er sieht sie mit Geld an Konsolen, Flipperautomaten und Billardtischen zocken
und um Geld mit Eselsohren verziert gezinkten Karten
Er sieht sie ohne Geld betteln, still die Hand hinstreckend und aufhaltend oder lamentös dabei klagend, in Gezeter ausbrechend oder schlichtweg ein befehlendes "Gib" aussprechen
Er sieht sie mit einer löchrigen Plastiktüte in den unverrottbaren Teilen des Mülls herumstöbern
und die Wertstoffe sich herauspicken
Er sieht, wie sie sich gegenseitig auf die Köpfe hauen, um sich danach übers Haar zu streicheln
Er sieht, wie sie einander zu kitzeln versuchen und das Gelächter in Geheul ausartet
Er sieht, wie sie sich bei den Händen fassen, sie stoßen, rempeln, ziehen und tanzen
Er sieht sie wirre Blüten treiben oder den Keimen erliegen
Er sieht sie erfinderisch, gesund und gutgelaunt
Er sieht sie schwere Arbeiten ausführen, die ihre Körper entweder stark machen oder sie zerbrechen
Er sieht sie mit mattem Blick die Insekten, die auf ihrer Haut rumkrabbeln, anstieren
Er sieht sie unzählige Bewegungen vollführen oder nur einen Handschlag, der Begrüßung, Fliegenverscheuchung, Bewusstlosigkeit und vieles mehr bedeuten könnte
Er sieht, dass es sich ebenso bei den Erwachsenen unter ihnen nur

um große Kinder handelt,
die die einfachen Freuden noch kennen und die über die kleinen Dinge lachen können
Er sieht, dass sie ihn alle offensichtlich anschauen oder ihn zumindest versteckt beobachten
Und er versteht, indem er sie wahrnimmt
Und plötzlich brabbelt auch der wortkarge Dichter wieder die Sprache der Kinder
in der ihrigen, heilen Zunge

## KONSONANTEN

Das große Aufseufzen
Ist nicht mehr zu verleugnen
Es gibt einige, die das bezeugen
Die, die sich hängen, die, die sich ersäufen
Lassen sich auch nur im klaren Wasser hängen

Der letzte Aufschrei
Er ist tot ... Er ist frei
Ein einsamer Clown, den man nicht abschminken kann
Er nimmt seine Kostümierung mit in den Tod wie ein Magier und Mann
Küsst er in Luft- und Wassergrab die Feuerzungen

Diese neuen Töne sind es
Die von der Erde aufsteigen zu den Flügeln des Windes
Sich als Rhizom weitläufig verzweigen, die Farben erzeugen
Die sich niederschlagen in der Atmosphäre und auf den Wangen

## SCHWARZ-WEISS UND FAST EIN STUMMFILM

Ein heller Punkt im Nebel
Ein zerlaufenes Rund
Ein Schimmer gerade im Verbleichen befindlich
Die vielen schemenhaften Tannen unterhalb
Die spitzwinklige Dächer beschirmen
Mit diesen schräg aufgestellten halb elliptischkugeligen Schüsseln
Ohne Zapfen und Nadeln, ohne Streich und Stich
Die spitzwinkligen Dächer sind beschirmt
Mit diesen kreuzförmigen, gevierteilten, aufrechten Antennen ganz oben
Graue Striche vor grauer Fläche nun
Die die Tannen an Zahl und Menge überwiegen

Übergewichtig wurde jetzt auch der Nebel
Verhüllt die Sicht und aufgerissen die Augen der Mund
Von eingefallenen Wangen und rissiger Faltenstirn umgeben
Gerahmt in krumme Kanten und eselsohrige Ecken
Mit einem Film aus Schweiß, Tränen und anderen Sinnesorganausscheidungen bedeckt
Dieser wiederum überzogen von einer Patina, auf die sich nochmals eine Schmutzschicht legt
Ein dunkler Punkt im Nebel
Ein zerlaufenes Rund
Kein Schimmer gerade im Verbleichen befindlich

Nach einem Kopfschütteln war all das verhangen von klebrigen Haaren
Und eine Hand greift sich an den Hals, versucht, ihn zu umschließen
Während die andere sich über den Mund stülpt, der zuvor noch flüstern kann

Euer Leben ist also nicht von der Außenwelt abgeschnitten

## IN EINEM NATIONALPARK

Ein Fischer kam mit einem leeren Netz des Weges und bemerkte mich, wie ich fleißig schreibend unter einem Busch saß. Er ging direkt auf mich zu, also stand ich auf, und wir begrüßten einander freundlich und tauschten unsere Befindlichkeiten aus. Da es uns beiden gut ging, unseren Aussagen zufolge, überraschte es mich, als er plötzlich auf die Umgebung zeigte und das Aussprechen des Wörtchens "mort" damit verband. Ich weiß bis heute nicht, ob er damit meine Tätigkeit meinte, oder, dass dieser Ort ein alter Friedhof sei, oder aber, ob er sich über einen schlechten Fang, den miserablen Zustand seiner Fangutensilien und die aussterbende Artenvielfalt in den Gewässern überhaupt beklagen wollte. Auf jeden Fall lachte er abschließend, als er mein ungläubiges, in etwas ganz anderes vertieft gewesenes Gesicht sah, verabschiedete sich und ging fröhlich weiter seines Weges

## POSTKARTENNEGATIVE

Siehst du diese wunderschönen, fliehenden Landschaften
Schau Sie dir aufmerksam an
Bevor auch sie touristisch erschlossen werden
Sprich mit den Menschen dieser Plätze
Und behalte ihre Charaktere in guter Erinnerung
Denn sie werden sich verändern
Wenn diejenigen Leute kommen
Die sich selbst für unverwechselbar halten
Und alles übrige als austauschbar befinden
Falls sie es für lohnenswert empfinden
Geldschein wedelnd anderes Verhalten einzuimpfen
Doch denk jetzt nicht daran
Jetzt beobachte diese wunderschöne, die Augen erfreuende Gegend
Vielleicht triffst du auch mich dort an
Ich sitze dort
Irgendwo
Mittendrin
Oder ich gehe dort spazieren
Irgendwo
Dazwischen
An keinem bestimmten Ort
Ich bin einer der flüchtenden Fremden
Die überall leben könnten
Wenn sie es nur zulassen
Und nicht immerzu nach irgendwelchen neuen
Immerzu noch aufsehenerregenderen Motiven suchen würden
Die diese wunderschönen Landschaften samt dazugehöriger
Bewohner
Mit ihrem Blitzkriegslicht ausknipsen, das heißt: sie verewigen und
zugleich vernichten

## ALS DIE VIER SCHIMMEL DEN VIER HIMMELSRICHTUNGEN ZUSTREBTEN

Die Augen zielen nach den Sternen
Die Sterne flackern in den Kerzen
Die Kerzen erhellen wiederum die Augen
Die Augen aber tauchen den Sonnen zu

Und entgegen kommen einem entgegenkommende, widerspenstige, hirngespinstige Bettlakengespenster, schnoddrig-schlottrig zottelig, unverhohlen verstohlen angehoben,
in Fransen die Vorhänge und dennoch irgendwie zugezogen in die Häuser der Ahnen,
auf die keines Baumes Schatten und keines Steines Lawine jemals fallen will und wird...
Die gegen die Außenwelt bereits Abgedunkelten schwenken nun ihre flatternd weißen Fahnen.
Sie winken euch allesamt Abschied aus ihren schlichten Verkleidungen und Maskierungen zu,
doch aus ihren Sehschlitzen schauen die Augen schon lange nicht mehr geradeaus,
ihre Gesichtsfelder werden mehr und mehr sonnengleichförmig.
Die Sonne aber beschreibt weder einen sichtbaren Halbkreis,
noch trifft sie den Ton ihrer Triangel.
Das Wachs tropft nicht mehr in die Richtung, in die der Wind weht.
Die kalten Sterne weisen keinen Weg mehr.
Und derweil haben die Bäume und Steine sich von oben bis unten ihrer Moose entkleidet.

## DARMFLORA

Im meinem Innern, da wächst ein wunderschöner Baum
Der wird groß, der wird hoch, der wird breit, der benötigt Raum
Der will gegossen werden und braucht auch sonst viel Pflege
Licht, Düngemittel, Insektenvertilger und 'ne Menge guter Zurede
Dabei sprießt er ganz erquicklich und verankert seine Wurzeln
An Orten, an denen Mitmenschen unweigerlich drüber purzeln
In meinem Innern, da wächst ein wunderschöner Baum
Eine Art Trauerweide, die Boden berührt mit ihrem Saum
Die das Meiste von ihrem Stamm verdeckt und sieht man doch mal die Rinde
Weiß man kaum, was dahinter steckt, noch wo sich das Harz nun befinde
In meinem Innern, da wächst ein wunderschöner Baum
Der nimmt sich seinen Platz und denkt nicht im Traum

## UNTER DEM GRÖSSTEN, STÄRKSTEN UND ÄLTESTEN BAOBAB

Unter dem größten, stärksten und ältesten Baobab
Halten die Dorfgreise und Weisesten Rat
Heute gründen sie aus dem einstmaligen Kral eine Stadt
Und stützen sich dabei auf seinen umfangreichen Stamm
Der mittlerweile stetig angewachsen auch der ihre ist
Lang schießt er bereits hoch in den Himmel rauf
Zu lang, so dass selbst die am längsten Lebenden sich nicht erinnern
Wann er gepflanzt wurde oder ob er gar von den Göttern gesandt ward
Man weiß nur, dass auch ihre Urgroßmutter ihn nie anders sah
Als wie er jetzt beschaffen ist mit seinem fest verwurzelten Stand
Der anmutet, als wäre er für die Ewigkeit geschaffen mit solch einem Schaft
Als der „maire de la ville“ die Sitzung schließt, klopfenderweise mit seinem Bambusstab
Unter dem größten, stärksten und ältesten Baobab
Wo sich einst morgens in aller Frühe der Marabou sammelte, bevor er zur Kräuterlese aufbrach
Wo er der Bevölkerung mit dem passenden Spruch das hilfreiche Präparat übergab
Als der von allen anerkannte Zauberer und natürlich praktizierende Arzt
Wo sich früher des Abends der Griot zum Geschichtenerzählen hinbegab
Und das Volk ihm aufmerksam zuhörte, von einer damaligen Schlacht
Etwa wurde dort berichtet, von Fabelwesen und fernen Schlössern voller Pracht
Von Tieren, die zu reden anfingen und denen er Abenteuer zu bestehen aufgab
Der Anfang der Geschichte wurde vor ihnen ausgebreitet, ihnen die Ursprünge erklärt sodann
Und es begann dort nie mit einem „es war einmal“, sondern stets mit dem, was sich tatsächlich begab, was nicht unbedingt der Wahrheit entsprach
Und an diesem Platz war es auch, auf dem stattfand der

allwöchentliche Markt
Wo sich jede Woche die Frauen und Männer zu Handwerk und Küchenarbeit begegneten an einem anderen Tag
Und wo es dem Häuptling einstmals oblag, dass er all seine schiedsrichterlichen Entscheidungen traf
Ob er den bleichen Fremden nun wirklich den Kannibalen übergab
Wie angeraten, oder ob er ihn logieren ließ und aufnahm als einen Gast
Und er den schwarz-weißen Stein in die Höhe warf, der beim Fall annahm und sofort verwirklichte den ersten Vorschlag
Und den Auswärtigen unmittelbar schaufeln ließ sein eigenes Grab
Unter dem größten, stärksten und ältesten Baobab
Wo genau in diesem Augenblick der abgehärmte und schlappe Toubab aufwacht
Und erst jetzt merkt, wo er ist und dass er nur geträumt hat
Dass er dort am Stamm angelehnt liegt und schmort im eigenen Saft
Während seiner wohlverdienten Rast bei seinem Mittagsschlaf
Ward er wohl an tausendarmige Affen oder eine Riesenkrake gemahnt
Als er vor Furcht fast nicht mehr aufschreckte aus seinem Alp
Unter dem größten, stärksten und ältesten Baobab
Unter dem er sich des vermeintlichen Schattens wegen hinbegab
Eben unter jenen größten, stärksten und ältesten Baobab
Auf den allerdings schon ewig die immer grellgelbe Sonne herabknallt
Und ihre Stiche verursacht

## ICH LIESS MICH ZU LANGE STREICHELN

Ich lasse mich streicheln von den runterhängenden,
schattenspendenden, nadelbewehrten Ästen
der hier im Winde sich wiegenden Sträucher
Ich lasse mir von ihnen ein frisches Lüftlein
als Wohltat gegen die sengende Sonne zufächern
Sie sind es, die mir heute die Ruhe geben,
die ich als Erholung im Gegenzug
zur zurückliegenden Anstrengung brauche,
um mich in so etwas wie Harmonie versinken zu lassen
Ich lasse mich so lange von ihnen streicheln,
bis es an der Zeit ist, von dem herabgefallenen Gestrüpp,
welches den Winden nicht standhielt, zu nehmen,
zu sammeln und eine Feuerstelle zu errichten,
um mein frugales Mahl zu bereiten,
den Funkenflug zu beobachten und es knistern zu hören
Danach werde ich das Folgende einsehen müssen,
das mir zuvor bereits zu spüren oblag
und es wird mir unvermittelt klar werden:
Ich lasse mich von den runterhängenden,
in der erkalteten Nacht jedoch irgendwie
sich verändernden, dornenbewehrten Ästen
der hier im Sturm gepeitschten Sträucher stechen.

## ES IST ETWAS IM BUSCH

Es ist etwas im Busch
Das hat niemand sich ausgeheckt
Etwas, das nicht kuscht
Hat man es erst einmal aufgeweckt

Es ist etwas im Busch
Das unsere Namen ruft
Etwas, das uns dann heimsucht
Wenn wir zurückschreien: Genug

Es ist etwas im Busch
Das hört auf die Wörtchen: Ist da wer?
Etwas, das reagiert auf einen Schuss
Danach kracht das Geäst nur um so mehr

Es ist etwas im Busch
Das hält sich dort versteckt
Es wird auch nicht vertuscht:
Keiner sieht es, aber jeder ist verschreckt
Es ist etwas im Busch
Es ist etwas im Busch

## DIE EUKALYPSE

Heute brennen wir den Eukalyptus
Das Feuer züngelt hoch zum Kuss
Die Scheite sind aufgeschichtet
Blätter und Rinden darauf gewichtet
Aus deren Öl allein entsteht nicht dieser Ruß

Heute brennen wir den Eukalyptus
Nur er macht aus dem Feuer einen Fluss
Der die Scheite kohleklar flammend lichtet
Blätter und Rinden zu einem Tropfen Glut verdichtet
Zu jenem Funken, der überspringt auf seinen Fuß

Heute brannte lichterloh der Eukalyptus
Sein Geruch ein Reigen, seine Asche ein Blues
Ferner wird von Maserungen und Rauchzeichen berichtet
In denen wurden Tiere, Gesichter, ja sogar Sternschnuppen gesichtet
Und nicht zuletzt schmorte darin auch die Wünschelrute bis zum
Schluss

Kommen wir nun aber zum Ende über Knistern, Rascheln und
Zischen
Das langsam in Zirpen, Rascheln und Knistern übergeht und
wischen
Ihm die Asche aus dem Gesicht, dann müssten
Die Plastikfäden gerinnen im Altölrauschen
Dieses einen Raumes aus reinem Rauch
Der nur bedingt eukalyptisch ist

# III. ANIMALIEN

## FUNKENFLUG

Wo die gedeichselten Wellen auf die sandverwehten Wüsten treffen
Da wird ein wohlgetarnter Schmetterling zum Meeresstrand sprechen
Auf dir lande ich nicht. Bist mir viel zu bevölkert von den Taschenkrebsen
Diesen unsichtbaren Erneuerern der täglich von der Flut zerstörten und von der Sonne ausgedörrten Höhlen
Zudem lasse ich mich nicht bedecken von den ständig ihren Standort wechselnden Wanderdünen
Er wird dann weiterfliegen, die weiße Gischt begutachten
und versuchen das sonore Rauschen zu übergrölen
Meer, auch du bist mir nicht freundlich gesinnt, wirst mich nur fortreißen
sollte ich mich auf dir niederzulassen erkühnen
So musste er also vorerst über allem stehend und es überblickend
in der dünneren Luft dort oben bleiben
Doch ließ er sich dabei angenehmerweise von einer Strömung des Windes ins Landesinnere treiben
Wo er schließlich - es war fast Abend - auch tatsächlich einen Strauch fand, sich auszuruhen,
sich zu setzen
Obwohl, nach einer Weile entschied er, dass jener ihm zu besiedelt sei von Nadeln, Raupen und Libellen
Deshalb musste er weiterziehen, um den Platz einzutauschen gegen seinen nunmehr letzten
Denn der Schmetterling wurde in jener Nacht zu einer von den Motten, die das Licht sehr schätzen,
Die beim Funkenflug eifrig mitmischen und wie die Feuerwehrleute
und die Pyromanen sich furchtlos der Gefahr stellen

## SCHMETTERLING

In dir drin spinnst du deine Fäden
Und bist momentan furchtbar fruchtbar
Zwischen zwei oder drei Flügelschlägen
So nenn ich dein Venuslippenbeben
Rasiere ich dir gerade dein Schamhaar
Um deinen Schmetterling bloßzulegen
Darfst du dich nicht zu abrupt bewegen
Denn diese weiche Haut ist sehr verletzbar
Wie ein Raupenvlies ist diese Gegend
Denk ich, und ach, ich raub' den Vlies ja
Um das Dahinterliegende wie einen Garten zu hegen
Denn ich treibe mit keinem Wesen mehr mein Unwesen
Bei mir wird der lebendige Leib nicht starr
Weil er aufgespießt wurde zum In-ein-Buch-Kleben
O wie leicht sind Dichter doch zu erregen
Du bist gerade momentan furchtbar fruchtbar
Und spinnst mit weit geöffnetem Muttermund deine Fäden

## VERNETZUNGEN

Spinnweben
Risse in den Wänden
Und an allen Ecken und Enden Schimmel

Ein weißes Pferd galoppiert durchs Wändegeviert
Die Stute, an der du Hengst
Den strähnigen Mähnen anbefohlen
Durch die sie fährt
In die sie fährt
Mit der sie Pferd
Ist Dein Geschirr zerbrochen in den Schränken
Kehrt die Kutsche zurück
Und alles wieder auf
Hört alles auf
Hört alle auf
Mich scheren nicht die Scherben

Spinnweben
Risse in den Wänden
Und an allen Ecken und Enden Schimmel

Zu der Zeit, als du mich ins Asyl einweist
Weiß ich bereits nichts mehr
Von den Pferdekutschen
Den Märchenschlössern, in die du mich einweihst
Und sprech' weiter so, als wär's nicht schon längst Vergangenheit

Spinnweben
Risse in den Wänden
Und an allen Ecken und Enden Schimmel

Das zerbrochene Geschirr liegt noch immer in der Spüle, wo du es einweichst
Doch pass' auf, dass du dich nicht an den Scherben schneidest
Gib sie her, die Tassen und Teller
Denn ich will trinken und essen
Her auch mit den Gabeln, Löffeln und den scharfen Messern
Um fest zuzustechen und bestens zu treffen
Denn ich möchte nichts lieber als meinen verderblichen

Lebenshunger vergessen

Spinnweben
Risse in den Wänden
Und an allen Ecken und Enden Schimmel

## EIN BAD IN DER MENGE

Raus aus dem Gedränge und rein ins Gewusel
Wer verlöre da nicht ebenso leicht die Übersicht
Beim Durchschauen der Blickkontakte
Und wie sie blindes Vertrauen feilzubieten versuchen
Oder einfach diesen bösen Blick offerieren
Der vor Neid oder Hass nur so trieft
Es trifft sich dann
Dass die Augen auszuweichen probieren
Während man geschubst, angerempelt und weitergeschoben wird
Oder ein Arm sich freundschaftlich um die Schulter legt
Und die Hände grüßenderweise herumgereicht werden
Die Schnuten sich zu einem Lächeln verziehen
Während die dazugehörigen Personen schon wieder abgezogen sind
Um sich an die nächsten Leute heranzutasten
Um sie wie Hunde zu beschnüffeln
Und wie Katzen um sie herumzuscharwenzeln
Sich an ihnen zu reiben
Um sie im darauffolgenden Augenblick
Zu kratzen oder zu beißen
Weil sie gestreichelt werden wollen
Und doch getreten werden müssen
In genau diesem Moment sollte man aus jenen Kreisen austreten
Und den letzten möglichen Zufluchtsort aufsuchen
Nämlich den Raum mit dem Loch im Boden
Durch das jeden Tag eine Menge hindurchfällt
Dort, wo eine Menge Entscheidungen getroffen werden
Dort, wo sich jeder vom Unwesentlichen scheidet
Doch selbst da ist man nicht alleine
Selbst da liegt ein eigener und viele fremde Haufen unter einem
Wenn nicht gar auch hier eine Kakerlake aus jeder losen Fuge kriecht

## DIE SEE, DAS MEER UND DER OZEAN

Der Rotz und die Pisse von Millionen
Die Scheiße von abertausend entleerten Luxusjachtenklos
Achtlos abgesondert und hineingeworfen in den Ozean
Milliarden von Algen ernähren sich von nichts anderem
Das Meer ist die allergrößte der Kloaken
Wo bei weitem die meisten der Industrieabwässer landen
Besudelt von irgendwelchen aus Versehen geschehenen
Ölkatastrophen
Schwimmen viele Fische mit dem Bauch nach oben
Juchu, heute fahren wir an die See zum Baden

## ALS DAS JUCKEN ZUM KRATZEN WURDE

Bettwanzen unter den Matratzen
Milben in Decken und Kissen
Läuse die im Haupthaar wuseln
Mücken die in Poren stechen
Würmer die in Mund und After kriechen
Motten die sich auf die Augen legen
Silberfische die die Nase raufglitschen
Flöhe die die Ohren verstopfen
Schlangen die den Hals abschnüren
Echsen die im Brustkorb nisten
Spinnen die mit Beinhaaren verschmelzen
Tausendfüßler die Fersen kitzeln
Fliegen auf der ganzen krabbelnden Haut
Zecken die ihren Kopf darin begraben
Und aufschütten das Gehirn voller Amöben

## VERRÜCKT GENUG, UM NICHT WAHNSINNIG ZU WERDEN

Manchmal wäre ich wirklich gern ein Lemming
Ich stände dann auf einer Klippe und spring'
In den Ozean und wünschte mir freie Bahn für alle Becken
Und dass ich nicht schwimmen kann, hätte ich bestimmt total vergessen

Man muss nur verrückt genug sein, um nicht wahnsinnig zu werden
Man muss nur verrückt genug sein, um nicht wahnsinnig zu werden

Hin und wieder wäre ich auch gern eine Sternschnuppe, die herunterfällt
Und die niemand bemerkt hat, die keiner sammelt und nicht ein einziger zählt
Ob noch alle Planeten am kommerziellen Firmament ihre Runden und Kreise drehten
Wie in den Uhrwerken wäre es dann zu spät verstehen zu wollen, dass da Himmelskörper plötzlich fehlten

Man muss nur verrückt genug sein, um nicht wahnsinnig zu werden
Man muss nur verrückt genug sein, um nicht wahnsinnig zu werden

Etwas öfters hätte ich dagegen liebend gern eine baumelnde Seele
Die ohne allzu viele Verästelungen und einem Stock oder Strick zum Stärken
Wurzeln um sich schlägt, das dunkle Erdreich damit aufgräbt und mir
Licht, Luft und Wasser gäbe
Auf dass mich nicht dürstet, ich nicht ertränke, verbrenne oder ersticke
an jenem Galgenstreben,
das wir Leben nennen

Man muss nur verrückt genug sein, um nicht wahnsinnig zu werden
Man muss nur verrückt genug sein, um den Wahnsinn zu leben

## EINE VORSTELLUNG VON STUMMER TOLLWUT

Was ich mir zur Brust nehme
Muss von Herzen kommen
Und zu Kopfe steigen.
Im Hirn rinsel-winselt ein Blut, eine Ebbe
Das übersteigert meine Vorstellung
Das übersteigt meine Vorstellung
Meine Vorstellungskraft davon
Oder einfach nur meine Kraft
Das lässt mir die Zunge schwitzen
Das erklärt mir der Blasen Sprache
Und lässt mich den weißen Schaum ausspeien
Denn im Eigent-bzw. Wesentlichen liebe ich die Leute und das Leben
Nur lerne ich immer wieder aufs Neue den Menschen zu misstrauen
Da es nicht sein kann und darf, dass die Menschen, die ich liebe
Das Leben im Grunde genommen zu hassen scheinen

## STEHBOCK–FREIBOCK–SÜNDENBOCK
## oder: Gefangen wirst du doch

In den ruhigen guten Stuben
Rufen die Mädchen und die Buben
Nach Milde und um Hilfe
Und führen gegen fremde Willfähr viel Böses im Schilde
Was habt ihr nur ausgefressen
Wollt Ihr euch wohl endlich bessern

In den ruhigen guten Stuben
Versuchen die Mädchen und die Buben
Vor den Erziehungsmaßnahmen und den Strafen
Zu entschlafen, die vom Spiel und Spaß herkamen
Was habt ihr nur angestellt
Dass man so mit euch verfährt

In den ruhigen guten Stuben
Bluten die Mädchen und die Buben
Sie lecken an den Scherben
Und schmecken das Verderben
Sie sterben fast vor Verrecken
Über der vollkommen widerlich-lästig-verletzenden Frage: Wer hat es diesmal bloß gepetzt
Dass ich Hausarrest für nichts und wieder nichts als fürs Erwischenlassen bekommen habe

## DER SICH AUFBÄUMENDE WALD

Ich gelangte einstmals auf eine Lichtung, in deren Mitte ein paar Bäume und Sträucher standen.

Weitere Wege stießen in ihr Inneres vor, so dass ich mich schließlich – wie mir düngte – auf einem freien Feld befand, in dessen Herzen wiederum, was jedoch nicht mit der vorherigen Mitte verwechselt werden sollte, da es etwas oberhalb lag, ein knorriger, wie hinskizzierter Baum stand.

Als ich mich an ihn heranpirschte, was nicht weiter schwierig war, denn Pflanzen bewegen sich ja im allgemeinen nicht, sondern werden höchstens von Kräften, wie der Wind oder vielleicht die verlängerte menschliche Hand es sind, bewegt, als ich mich also an ihn heranpirschte, sah ich seine Äste flattern, seine Blätter vibrieren und seinen Stamm erzittern.

Ich versuchte, ihn zu besteigen und kletterte schon eine geraume Weile, als er nachzugeben schien, vielmehr die Füße keinen festen Halt mehr finden konnten und der rettende Griff ins Leere ging. Da erst wurde mir bewusst, ich probierte einen mehrere Meter hohen und weniger mehrere Meter umfänglichen Mückenschwarm zu erklimmen, der sich dort oben, wahrscheinlich, um ein Gewässer oder sonstige Adern zu erlauern, angesiedelt hatte. Auch mich verfolgten ähnliche Beweggründe, die mir jedoch aus anderen, Ihnen sicherlich mehr als mir verständlicheren, an dieser Stelle zu erläutern, nicht möglich sind.

## FACETTENAUGEN

Durch den Blick der Fliege
Sehe ich die Mosaike
Es eröffnen sich mir die Fliesen
Und wie sie Quadrat um Quadrat aneinander liegen
Sich an die Fugen schmiegen
Und um die Ecken biegen
Wie sie mit jeder Krümmung ihrer Lider
Durch Tunnel und Spiralen
Auf die paranoiden Pyramiden
Blicken und weiterfliegen
Zu anderen Teilstücken
Unter Mikroskopzonen
Über die Meister der Miniatur
Zurück in die nie versiegen wollenden Dimensionen

## ORNITHOLOGISCHE TAGTRÄUMEREI DER AUGUREN

Der Storch hat's gegeben
Der Storch wird's wieder nehmen
Das Findelkind reckt sein Köpflein
Aus dem Schilf, was in die Binsen geht
Denn es schaut nicht mal übers Körblein
Hinaus in die Welt will es lugen
Adlerauge sei wachsam
Statt in die Luft zu gucken, die trägt
Höchstens ein bauschendes Kleid
Aus Farbsprenklern, entstanden durch Töne
Hinüber auf der Skala des eigenen Ermessens
Der Geier soll's holen
Die Taube auf dem Dach
Und den Spatz in der Hand
Sagt der Kuckuck nicht Miau
Hat keine Meise einen Vogel
Wird's ewig Käuze geben

## DIE ENTWICKLUNG EINES KNÄUELS

Zuerst haben die Katzen wie mild mit der Wolle rumgetollt
Hätten aber lieber als Spielgefährten ein ganzes Schaf gehabt
Doch der bissige Schäferhund hat gebellt und das so gar nicht
gewollt
Als die Katzen weiter rumgesponnen, hat auch noch der Hirte mit
den Hufen gescharrt
Und seine Riesenherde Schafe um sich geschert und geschart
Das alles begab sich des Nachts und jeder von ihnen hat somit im
Dunkeln getappt
Den Katzen blieb auch wirklich nichts erspart
Ihr Hirten, lasst euch eines gesagt sein: Seid genügsam und hütet
lieber ein Schwein
Denn wir kennen eure rechten und linken Maschen
In die ihr euch verstrickt habt nur allzu gut
Aus geplanten Pullovern werden höchstens übergroße Taschen
In die schaufelt ihr alles, was ihr tragen könnt, rein
Dann predigt ihr den Angriff und begebt euch selbst auf die Flucht
Habt ihr noch etwas zu eurer Verteidigung zu sagen?
Was, wir sollten ebenfalls erst mal probieren, Schafe zu jagen!

## DIE GIRAFFE

Die Giraffe hat heute mal wieder so einen Hals, weil sie durch die heiße Steppe rennen muss, da sie ihre Herde und fast auch noch ihren Kopf (es dauert ja verständlicherweise recht lange, bis es ihr gelingt, ihren Ärger runterzuschlucken) verloren hat. Außerdem ist er trocken und fühlt sich rau an, vom vielen Rufen und wenigen Wassersaufen, denn einen Tümpel konnte sie bislang ebenfalls nicht finden. Um das Maß voll zu machen, starren ihr die anderen Tiere auch noch ständig auf den langen Hals, und das macht sie richtiggehend halsstarrig in ihrer Suche. Erhobenen Hauptes marschiert sie weiter und hält Ausschau nach ihren Artgenossen, einem Tümpel und etwas Laub zum Frühstück. Aus dem letzten Satz könnte man schließen, dass sie entweder eine Kannibalin, ein Schwein, das sich gerne im feuchten Schlamm wälzt, oder aber eine Vegetarierin ist. Wofür du sie auch hältst, der Umstand ihrer Physiognomie jedenfalls hat ihr einen mächtig-beträchtlichen Mehrwertigkeitskomplex aufgehalst, den sie erst los werden wird, als sie das Skelett eines Bronchosaurus entdeckt. "Falls du je so einen Hals hast, siehst du ganz sicher plötzlich jemanden, der so einen Hals hat, und hältst dich demnach auf einmal wieder für ziemlich normal." Das hatte sie jetzt girafft, und lebte fortan danach.

## VON UNKRAUT UND ANDEREN RAUBTIEREN

Löwenzahn, Löwenzahn
Stier uns nicht so gierig an
Löwenzahn, Löwenzahn
Was ist bloß in dich gefahren
Löwenzahn, Löwenzahn
Wir haben dir doch nichts getan
Löwenzahn, Löwenzahn
Geh bitte nicht so nah an uns ran
Löwenzahn, Löwenzahn
Dass man sich nicht mehr bewegen kann
Löwenzahn, Löwenzahn
Wir sind nun in deinem Bann
Löwenzahn, Löwenzahn
Wie trotzen wir nur den Gefahren

Als wir im nächsten Jahr den Löwenzahn
An den verschiedensten Stellen überall wiedersahen
Er nahm nämlich mittlerweile reichlich überhand
Stehe ich diesmal ganz andächtig da
Und summe und huste und summe
Alles Pusteblume, nichts als Pusteblume

# IV. THE JOURNEY OF A TRIP IS TO TRAVEL AROUND

## LASS UNS NACH HUMBUG ZIEHEN

Lass uns nach Humbug ziehen
Denn dort fliehen die stolzen Wolken vor dem geltungsbedürftigen Wetter
Und die Toten rekrutieren sich dort aus Weltverbesserern und Lebensrettern
Außerdem sind Orden und Zinsen dort fürs Geldborgen zu kriegen
Drum lass uns nach Humbug ziehen
Denn da gibt's Vermisstenanzeigenverwalter für verlorengegangene Ideale
Neben den amtlich-geeichten da ansässigen Zwei-Meter-Menschen-Linealen
Zählen auch noch die Philantrophäensammler da zu den hohen Tieren
Lass uns denn nach Humbug ziehen
Um bei der großen Gedanken-Material-Gefühl-Schlacht mitzuspielen
Also auf denn! Lass uns nach Humbug ziehen
Und uns von den ganzen Aufwiedersehens endgültig verabschieden
Los! Lass uns nach Humbug ziehen
Um mit all unseren Handlungen auf nichts anderes als Humbug mehr zu zielen
Und mit ihnen – ganz Humbug – restlos alles und ausnahmslos alle zu verwirren

## DIE POLYTOXIKOMONOMANEN

Überall, wo ich auch hinkam, traf ich auf die Polytoxikomonomanen
Die friedfertig, rücksichtslos und hoffnungslos durchgeknallt am Abschnappen waren
Ich traf sie an unter den Punks, unter den Tramps, Hobos und Bums
Unter Poppern, Rockern, auf dem Motorrad, als Metaller
Unter Hippies, Yuppies, Snobs, in Pubs und Clubs, beim Blues, Soul, Funk und Jazz
Unter Autonomen, Rollenspielern, Gewinnern, Verlierern oder Bettlern
Unter Beats und Freaks und jedweden anderen Vertretern des natürlichen und kulturellen Trashs
Unter Rechtsradikalen, Heimatvereinen, Burschenschaften und sonstigen Arbeitskreisen
beim ehrabschneidenden Kruzitürkennochmal
Verdammte Scheiße, sie sind einfach überall, haben sich in allen Schubladen eingenistet,
wohin ich auch kam, ich traf sie an
Wie sie mit den verschiedensten, nur halb verstandenen Moden, Symbolen und Musikarten
Ideologien vertraten zum Identifizieren, um andere zu infizieren und zu politisieren,
indem Betriebs- und Volkswirte massig Umsatz damit machen
Wie sie Graffitis sprayten, Klosettwände mit Sprüchen übertünchten und beim Hakenkreuzmalen
In Funk und Fernsehen aus Slogans und Reklame bei der Propaganda, der nicht sogenannten
Unter den Satanisten mit ihren umgedrehten Kreuzen und Pentagrammen
Auf schwarzen Messen in Kutten beim Katzenschlachten
In den paranoid-entropischen Verschwörungstheorien der Illuminaten
Unter Kampf- und Leistungssportlern mit Macken und Schrammen
Bei den peitschenschwingenden Dominas als Bondage-Sklaven
Unter den Krüppeln, Blinden, Stummen, Tauben und Lahmen
In den Tier- und Menschenhandlungen in allen Regalen
Unter Zecken, Werwölfen und dem ganzen anderen Pack von Blutsaugern

Für Sekten, Kirchen, Zirkusse und sonstige Vereine am Sammeln
Auf Bahnhöfen beim Schnorren und Rumgammeln
Unter den Verbrauchern, die in Wühltischen bei Schlussverkäufen kramen
Unter den Hausfrauen- und -männern mit ihren Staubsaugern,
Unter Rauchern und Nichtrauchern
Auf den Arbeitsmärkten, egal in was für Sparten, und in den Discos beim Graben und Baggern
Bei Techno, Mambo, Tango, Walzer, Charleston, Rock'n'Roll und Pogo am Veitstanzen
In den Klapsmühlen unter den Geisteskranken in ihren Zwangsjacken
Unter den Brücken zum Schlafen und um die verlorene Zeit zu beklagen
In Gruppentherapie und Einzelhaft als Todeskandidaten
Ja, ich traf sie überall an, ständig waren sie allein und immer mit irgendwem zusammen
Ich traf sie an, über der Hochbahn während eines Drahtseilakts, und ich begann mich zu fragen
Welcher Jugendbewegung, Nervenerregung, Wertenegierung,
Regierungsumstürzung, Truppennachschubsunterstützung,
Lebensversüßung, kurzum, welcher Gemütsverärgerung,
Rationskürzung, Entscheidungsbestärkung, Begegnungseinbüßung,
Feindbildablenkung,
Mutprobeneinsegnung und Gehirnstillegung schließe ich mich heute an
Oder aber gehe ich gleich ins Wasser, oder etwa in die Luft,
oder zieht's mich doch mehr aufs Land, oder gar in die Stadt

For sure I saw many cities such as opacities, electricities, velocities and pertinacities
which I visited more than a thousand times before
as the big ass rumours in the church of earth nevermore
I also wander throughout wonder and wonder, wondering about wandering around
avoiding a void, sharing the chairs and my ways with other people like it seems they did with theirs
But yet I'm fed up with all the federations, so that I confess only with

the homeless
Polytoxicomonomaniacs

Überall, wo ich auch hinkam, traf ich auf die Polytoxikomonomanen
Die friedfertig, rücksichtslos und hoffnungslos durchgeknallt am Abschnappen waren
Die den verschiedensten Gruppierungen angehörten, die die jeweils anderen verachteten
oder aber harmloser, über sie bloß lachten
Die je nach Lust und Laune als Schalk, Ränkeschmied, Aufwiegler, Quacksalber, Saufkumpan,
Hasenfuß oder als sonstwie Gehemmte auftraten
Die mit ihrem allzu käuflichen Geld nur so um sich warfen und sich jedwedes Zeug,
das sie kriegen konnten, gaben
Die die vergnüglichen Substanzen in den enormen Dosen von Giftstoffen fraßen
Die alles zerstört sehen wollten, um schließlich und letztendlich die dabei entstandene Anarchie
abzuschaffen
Die Chancengleichheit und Karrieremachen als großen Fortschritt betrachteten,
den jeder umsetzen kann, ohne Verantwortungen zu tragen
Die sich mit Salben und Gesichtswassern einreiben, sich ihre Schönheit operieren lassen,
um sich mit dem Alter nicht zu plagen, um etwas von der ewigen Jugend zu erhaschen
Die manchmal Ausdauer, nie aber Geduld haben, die sich an etwas gewöhnen konnten,
konnten sich doch nicht anpassen
Die mit jeder Tat die Geschichte vorantreiben wollten, wollten sie es doch gleichzeitig schaffen, mit jedem Tun ohne eigenes Zutun die Zeit anzuhalten, um den gegenwärtigen Augenblick als göttlich aufzufassen

And for sure I saw many cities such as vivacities, sagacities, felicities and synchronicities

which I visited more than a thousand times before
as the big ass blows in the seventh of heaven nevermore
I also wander throughout wonder and wonder, wondering about wandering around
avoiding a void, sharing the chairs and my ways with other people like it seems they did with theirs
But yet I'm fed up with all the federations, so that I confess only with the homeless
Polytoxicomonomaniacs

Überall, wo ich auch hinkam, traf ich auf die Polytoxikomonomanen
Die friedfertig, rücksichtslos und hoffnungslos durchgeknallt am Abschnappen waren
Denen es ausschließlich um Betäubung, Verstärkung und überhaupt um jegliches Hervorrufen
von Interesse und Gleichgültigkeit zu tun war
Denen es darum ging, all die Dinge, die sich der Erkenntnis zu entziehen wagen, zu erfassen,
sie zu erfahren
Denen die vorgegebenen Grenzen und Gesetze zu abgesteckt erschienen, die sie überwinden
wollten, mussten sie dafür auch noch so darben
Ihnen ging es nicht um die üblichen, ausgesprochenen Lobhudeleien und die gewöhnlich stets
auf dem Fuße erfolgenden Strafen
Ihnen ging es vornehmlich darum, eine eindeutige Kleinigkeit zu finden, etwas ganz ohne
Einschränkung zu besitzen, etwas zum vollständigen Bejahen
Sie wollten außer Kapitalismus, Kredit, Konsum, Kaufkraft und Waren mit dazu gehörendem
fehlendem Glauben etwas haben
Ihnen ging es um mehr als sich mit garstiger Materie und falschen Idealen die Zeit totzuschlagen
Sie wollten so lange leben, bis sie eine Lebensvergiftung davon bekamen, weil sie dachten,
sie könnten jedes Mittel mitsamt seinen Nebenwirkungen ohne einen Schaden vertragen
Sie dachten, sie wären Götter mit Teufelsfratzen und Dämonen mit

Engelsmasken in ihrem
erlauchten, über allem erhabenen Größenwahn, wenn sie sich zuweilen zu viel versprachen
Wenn sie ihre feststehenden Entschlüsse vergaßen, noch bevor sie sie endgültig fassten
Und endlos über Vorhaben laberten, die nie zustande kamen, weil sie zuvor aus dem Blickfeld

oder gar von der Bildfläche verschwanden
Wo sie mir sodann begegneten und ich sie in der Hölle und im Himmel sah, wahrlich
ich sah sie in allen Phasen
Ich sah sie von einem fixen Gedanken sich zum nächsten wie von zu Ast zu Ast hangeln

And for sure I saw many cities such as capacities, ferocities, atrocities and spasticities
which I visited more than a thousand times before
as the big ass flows out in a fiercly magma-sea diarrhea immediately
I also wander throughout wonder and wonder, wondering about wandering around
avoiding a void, sharing the chairs and my ways with other people like it seems they did with theirs
But yet I'm fed up with all the federations, so that I confess only with the homeless
Polytoxicomonomaniacs

Überall, wo ich auch hinkam, traf ich auf die Polytoxikomonomanen
Die friedfertig, rücksichtslos und hoffnungslos durchgeknallt am Abschnappen waren
Ja, ich sah sie wahrlich in all ihren Phasen, in ihren Anfangs-, in ihren fortgeschrittenen
und ihren Endstadien
Ich sah, wie sie beinahe an ihrer eigenen Kotze erstickten und brach am Boden lagen
Ich sah, wie sie sich ständig erniedrigten und wie sie sich wieder zu ungeheuren Höhen

aufschwangen
Ich sah sie sudelnd die Schuld suchen, und sie die selbige weit von sich schieben,
oder sie diese anstandslos ertragen
Ich sah sie um des lieben Friedens willen sich bekriegen, ihre Macht ausüben und
wie sie niemals wirklich voneinander ablassen
Ich sah, wie sie sich hassten und wie beim Liebemachen sie sich vernaschten und ihre Augen
wild loderten und aufflackerten
Ich sah sie in den Massen untergehen und sie aus der Menge hervorragen
Ich sah sie ruhig meditieren und ich erlebte sie vollkommen ausgerastet rasen
Ich erlebte, wie sie ihre Persönlichkeiten spalteten, sie unglaubliche Kräfte entfalteten
Ich erlebte sie, wie sie sich von fremden Netzwerken miteinander verdrahten ließen
Und wie sie einen Nachbarn dazu brachten, zu einem Nachfahren zu werden,
auf den alten Straßen mit den neuen Pflastern
Ich erlebte sie in Unfällen unversehrt, auf die andere Seite ausweichwanken und,
als ob nichts gewesen wär', weiterfahren
Ich erlebte sie wochenlang wach und scheinbar ganz plötzlich zusammenklappen
Ich hörte sie Bäume fällen, sie abkacken und ihren Kot wie die Tiere in der Erde verscharren
Ich hörte sie auf die Natur schwören, sie zu ihren Götzen beten oder sie ausgiebig
von längst vergangenen Reisen erzählen
Ich hörte sie ausführlichst von den letzten Computerspielen, den neuesten Kinofilmen
Bericht erstatten, sie von etwas, das sie woanders nie fanden, schwärmen
Ich hörte sie an ihren Gräbern schaben und in ihren Betten, sie selber ganz still,
ohrenbetäubend schnarchen, um damit ihre Alpträume zu verjagen
Ich hörte ihr Gras wachsen und kriegte mit, wie sie den Löffel in

ihrem Glas tragen,
kurz bevor sie ihn wegwarfen und ihn somit abgaben
Ich lauschte, wie sie mit Tütchen raschelten, den Erschlafften unter ihnen auflauerten,
um entweder ihre Oberflächenspannung zu beleben, oder sie vollends auszuschalten
Und ich begann schallend zu lachen, als sie irgendeinen Sermon verzapften und ihn
unter dem Tresen thesenreich untermauerten und ihn selbst auch noch glaubten

And I have shivered with the rivers and I have flown into the ocean, too
Ich floss durch Ahr, Mosel-Saar-Ruwer, Nahe und Rhein.
Je coulais traverser par la Loire, la Garonne, la Marne et le Rhone.
Transnatavi Tiberim, Arnum, Rubiconem, Pardum-que
In vino veritas. Que, quoi, what, was?
The ghost lies above the water in the valleys of whine
where I walked upon, so that I remarked behind the mountains a sign
which told me full of drunkenness and prophecy the vision of fission
For sure many more ships still will come
such as censorships, relationships, friendships and dictatorships
Now we all have to dive in the dividing waves, for the tide is high, so long
as we are fed up with all the federations so that we could confess with the homeless
polytoxicomonomaniacs

Überall, wo ich auch hinkam, traf ich auf die Polytoxikomonomanen
Die friedfertig, rücksichtslos und hoffnungslos durchgeknallt am Abschnappen waren
Sich selbst und andere in ihrem Irrglauben lassend, mehr versagend als vermasselnd,
mehr strandend als irgendwo landend
Und ich nahm wahr, wie sie atmeten und warteten, dass auch sie endlich nach irgendwohin

aufbrachen
Dass sie bereits fortgegangen waren und sich aus dem Staub gemacht hatten, nahm ich wahr
Und dass sie sich ständig auf der Flucht befanden und die Notausgänge ansteuerten wie einen botanischen Garten ohne Pflanzen, wo keine rankenden Gewächse sich um Fesseln wanden und nicht den ersehnten Stillstand, den Kampf oder sonst ein Schicksal brachten, das nahm ich wahr
Und ich nehme diese Gelegenheit wahr, um mit ihnen zu sprechen, von Polytoxikomonomane zu Polytoxikomonomane sozusagen
Ihr, die ihr euch nicht mit euch selber beschäftigen könnt, sondern immerzu darum bangt,
dass euch ein Platz zum Mitmachen eingeräumt wird, verlangt nach Satisfaktion und einer Aufgabe,
wie andere es vor euch taten
Denn stammen wir nicht alle ab von den Polytoxikomonomanen
Und handelte es sich nicht bei den Vorfahren unserer Eltern schon um Polytoxikomonomanen
Und deren Ahnen erst, allesamt waren sie Polytoxikomonomanen
Zwar nicht in den heutigen Ausmaßen, gewiss das ist wahr, aber Polytoxikomonomanen
waren sie seit jeher, und nicht erst seit wir unsere Samen und Gebärmütter zur Bank tragen
und horrende Zinsen dafür bekommen, die wir in diesen Mengen gar nicht zu erwarten wagten

## LASS MICH DEIN MISSIONAR SEIN

Lass mich dein Missionar sein
Verdrehe ein bisschen dein Bein
Winkle es in deine äußersten Ecken
Und lass mich dich ein wenig erschrecken

Such den Witz nicht an der Scheidewand
Zwischen Frauen- und Männertoilette
Jetzt hast du mich tatsächlich entmannt
Und ich rauch' danach erst mal 'ne Zigarette

Lass mich dein Missionar sein
Gib mir 'ne Chance oder schließ' 'ne Wette
Ab mit dem ganzen Pack um eine Palette
Von diesem nach Fisch bis Flieder riechenden Schleim

Lass mich dein Missionar sein
Verstell dich nicht, sag nicht nein
Denn Religion, Kolonialismus und Pornographie
Entstammen doch eindeutig derselben Kategorie

## A LOOKING-GLASS-WORLD

Wer hat die Fenster zugemacht
Ich sehe alles ganz klar und deutlich
Kann unterscheiden zwischen Menschen und Leuten
Zwischen Gestern und Heute
Und dass es Morgen ward
Wer hat die Fenster zugemacht
Ich sehe sie ganz klar und deutlich
Aber ich kann nicht nach ihnen greifen
Denn uns trennen nach wie vor die Scheiben
A looking-glass-world
Wer hat die Fenster zugemacht
Ich sehe es ganz klar und deutlich
Kann unterscheiden zwischen Bügelfalten und Putzstreifen
Und erkennen wie die Häute sich sträuben
Als ich den Riegel, Knopf oder Reißverschluss zum Verschließen fand
Wer also hat nur die Fenster zugemacht
Ich sehe ihn ganz klar und deutlich
Wie er seine Sklaverei ausbeutet
Und seine Landkarte auf dem Fensterbrett ausbreitet
A looking-glass-world
Hat die Fenster zugemacht

## DER GRENZÜBERGANG

Aus der Bahn geworfen
Aus dem Zug geschmissen
Das Abteil verlassen
Um Zeit abzusitzen
Auf der Toilette

- Schon  mal dem Arsch eins ausgewischt?
fragte der Brillenträger den Brillensitzer.
- Schon mal mit 'ner Wärmflasche geschlafen?
fuhr der Brillenbenutzer fort
In den Süden

## FUSSSTAPFEN IM BETON

In den weiten Ebenen, in den freien Räumen
In den unendlichen Gässchen, auf den überfüllten Plätzen
Gleiten wir als Orientaltalbahn, schreiten wir bergauf mit Riesensätzen
Werden wir immerzu von geöffneten Dächern und Himmeln träumen

Weil uns nach anderer Nähe in unabschätzbarer Distanz verlangt
Nach neuen Voraussetzungen auf frisch ausgehobenem und eingelassenem Fundament
Auf ein Loch in der Mitte, das all unsere Geschicke und Bedürfnisse lenkt
Zu einem winzigen Punkt in der Ferne aus einem reifen Korn aus Sand

So treten wir auf die verkratzten Bildflächen als Gemälde voller Mosaike
treten bald gleichmütig wie Kamele, bald so bockig wie die Esel
Treten aus und treten ein und machen um Dahinter verschlossener Türen ein Mordsgewese

Überall künstlich bewässerte Wüsten, keine Oasen und menschliche Ruinen, wohin man auch blicke
Die Erschöpfung der Geschöpfe, der Tod der Kreatur, die einstmaligen Lebewesen
Die man von mir aus gleich unter, oder aber auf Bewährung zurück zur Erde schicke

## LEBENSGEISTER

Es gab eine Zeit, da lebten wir wie die Sonnenkönige und ließen uns erlesene Speisen aus goldenen Töpfen kommen; mit den seltensten Gewürzen wurden sie abgeschmeckt und mitkostbarem Wasser, Ölen und sonstigen Essenzen abgeschreckt. Während dieser Abendmahle waren wir auf rötlich violettem Samt gebettet, und Essen, Tanz und Feuerspucker hielten uns warm.

Nun, da wir wieder die Untertanen der verbrannten Erde sind, wühlen wir in Geröll und Sand nach Feuerholz, und unter jedem unserer Nägel verbirgt sich bereits eine ganze Mahlzeit, nach der wir uns jetzt mit Rotz und Speichel die Finger lecken. Momentan sind nur der klare Vollmond, die vielen Versuche des Flammenentzündens und schließlich die von beiden angestrahlten, im Horizont entfernten, mit Schnee bedeckten, hellen Bergkuppen imstande, unsere Lebensgeister von Neuem zu erwecken.

## FÜR DIE REISE

Ich packe meinen Koffer. Ich packe in ihn einen Safe.
Ich packe meinen Koffer. Ich packe in ihn einen Safe und darein einen Alarmanlagenkasten.
Ich packe meinen Koffer. Ich packe in ihn einen Safe, darein einen Alarmanlagenkasten und darein einen Schuhkarton.
Ich packe meinen Koffer. Ich packe in ihn einen Safe, darein einen Alarmanlagenkasten, darein einen Schuhkarton und darein eine Geschenkeschachtel.
Ich packe meinen Koffer. Ich packe in ihn einen Safe, darein einen Alarmanlagenkasten, darein einen Schuhkarton, darein eine Geschenkeschachtel und darein einen Rucksack.
Ich packe meinen Koffer. Ich packe in ihn einen Safe, darein einen Alarmanlagenkasten, darein einen Schuhkarton, darein eine Geschenkeschachtel, darein einen Rucksack und darein eine Tragetasche.
Ich packe meinen Koffer. Ich packe in ihn einen Safe, darein einen Alarmanlagenkasten, darein einen Schuhkarton, darein eine Geschenkeschachtel, darein einen Rucksack, darein eine Tragetasche und darein eine Plastiktüte.
Ich packe meinen Koffer. Ich packe in ihn einen Safe, darein einen Alarmanlagenkasten, darein einen Schuhkarton, darein eine Geschenkeschachtel, darein einen Rucksack, darein eine Tragetasche, darein eine Plastiktüte und darein einen Kulturbeutel.
Ich packe meinen Koffer. Ich packe in ihn einen Safe, darein einen Alarmanlagenkasten, darein einen Schuhkarton, darein eine Geschenkeschachtel, darein einen Rucksack, darein eine Tragetasche, darein eine Plastiktüte, darein einen Kulturbeutel, und in ihn stopfe ich alle Zivilisationskrankheiten rein, die man sich nur denken kann.

## FREMDGÄNGER UND IRRLÄUFER

Die eine Nacht suchten wir erschöpft eine baufällige, sandverwehte Ruine am Rande der Stadt auf und erwachten als menschliche Wracks, frierend, zerlumpt und müder als zuvor, hatten doch die ganze Nacht über Vorstadtköter und Wüstenfüchse ihr Gebell, Gekläffe, Geknurre, Gejaule und Geheul (bei eingehender Betrachtung hätte es sich dabei auch ebenfalls um die Geräusche unserer Mägen handeln können) in unbestimmter, unsichtbarer, atemverspürender Nähe angestimmt, in das sich der Trubel und die Musik eines Festes, einer Hochzeit vielleicht, mischte.

Der nächste Tag begann dann also demnach in eher niedergedrückter Stimmung, als wir den desolaten Ort, an dem wir uns befanden, bei natürlichem Lichte sahen und nicht nur beim fahlen Scheine einer ständig vom Sandsturme ausgepusteten Kerze oder dem matten Funkeln der ewig funzelnden Taschenlampe, die durch fortwährenden Händedruck ein, einen Höllenlärm verursachender Dynamo betrieb. Wir machten, dass wir fortkrabbelten, wie die Käfer, mit denen wir unser Lager teilten, packten hastig unsere Siebensachen und entflohen so schnell es ging diesem trostlosen, patzig hingepflanzten und niedergetrampelten Pflaster, um alsbald wieder trampend an der guten, alten Straße stramm zu stehen, bis ein paar lockere Jungs in einem schäbig verranzten Jeep uns schließlich mitnahmen. Allerdings kamen wir nicht allzu weit, hatten sie uns doch eine Menge zu zeigen. So landeten wir erst mal nach einer wüsten Geländefahrt durch die Sahara auf einem Bauernhof mit Kühen, Ziegen, Kamelen und einer Bananenplantage, wo wir beide reichlich mit Tee, Milch und Früchten bewirtet wurden und Einladungen zu einer Tuareghochzeit erhielten.

Gegen Abend, einige Ausflüge, Abstecher und Spritztouren später, wurden wir in eine Art Palast mit riesigen Portalen, einem wunderschönen Garten und mehreren dicken Autos in den Garagen, mitten im Herzen der Stadt, aus der wir entkommen wollten, verfrachtet, wo wir auch die Nacht in einem großen, weichen Bett verbrachten, mit mittlerweile gut gefülltem Bauch, den neu geschenkte Kleidung umgab, in einem geräumigen, sauberen Zimmer ganz für uns allein, plus einem eigenen, geputzten Bad mit Klo und Dusche.Wir konnten das alles kaum glauben; unsere Lebensgeister fingen an, sich zu fürchten und zu erschrecken, doch wir klimperten noch eine Weile, die Augen fest geschlossen, mit dem Schmuck, den wir ebenfalls bekommen hatten, herum, bevor wir sie - die Lebensgeister - ohne allzu viel Klimbim und Gemütsbewegung in dieser sterilisierten mit Bequemlichkeit versierten Nämlichkeit verscheuchen konnten, was durchaus kein Wunder war, bedenkt man die zusätzliche Masse Hasch, die wir genossen hatten.

## ZWEI ODER DREI ENTFÜHRUNGEN

Nimm von fremden Onkels keine Bonbons an
Sagte Mama dann und wann, wenn ihr danach war
Und gehe auch niemals mit einem mit
Sonst kommst du vielleicht nie mehr zurück
Doch da war dieser langhaarig maskierte Mann mit dem Clownsgesicht
Der nahm mich samt Freunden einfach zum Baggersee mit
Dort gab's Ruderbootfahren, Zelten und Lagerfeuer
Dort gab's Essen und Trinken, Singen und Gitarrespielen
Limonade und Süßigkeiten, Gruselgeschichten und Sternbilder bestimmen
Dort gab's Ertrinken und Algenschlinggewächse
Die an den Füßen ziehen, besonders dann, wenn man nicht schwimmen kann
Und dort holte ich mir auch das hohe Fieber, da hat mein Vater mich lieber wieder zurückgebracht
Als ihm danach war, und Mama sprach sodann, ich sagte dir doch schon
Nimm von fremden Onkels keine Bonbons an
Und gehe auch niemals mit einem mit
Sonst kommst du vielleicht nie mehr zurück
Doch da war dieser freundlich-zurückhaltende Mann mit dem ernsten Gesicht
Der nahm mich mitsamt meiner Mutter einfach in eine andere Stadt mit
Dort gab's eine neue Wohnung, später ein Haus mit Garten
Dort gab's Kindergarten, Schule und Sportverein
Dort gab's Sicherheiten und Arbeitsplätze
Essen und Trinken, Limonade und Süßigkeiten
Dort gab's ein Frei- und ein Hallenbad zum Schwimmenlernen
Dort brach ich mir ein Stück vom Zahn ab, als ich kopfüber ins seichte und zu kalte Wasser sprang
Um zu zeigen, dass ich eben so gut wie andere etwas vom Grund und Boden holen kann
Und wenn es dann vorbei ist, frage ich Mama nur danach, ob man zu ihr denn nicht gesagt hat
Nimm von fremden Onkels keine Bonbons an

Und gehe auch niemals mit einem mit
Sonst kommst du vielleicht nie mehr zurück

## ALLEIN AUF MEINER LANG ERSEHNTEN EINSAMEN INSEL

Gestern habe ich eine letzte Weinflaschenpost versandt
Als Inhalt habe ich ein Stück Papier und einen Stift beigelegt
Ich bin mir sicher, sie spült mit einer Botschaft an Land
Die auch etwas zu verkünden hat und einen jeden bewegt

Sie könnte lauten: Fessle dich nicht an Menschen. Binde dich nicht an Besitz
Und löse dich auch ansonsten von allen sämtlichen anderen Ketten
Denn je mehr du an ihnen hängst, und eben da liegt der Witz
Ähnlich wie der mit der Flaschenpost, desto weniger können sie dich später retten

Nun stehe ich also allein auf meiner lang ersehnten einsamen Insel
Und schreie laut nach irgendwem oder irgendwas nach Hilfe

Erneut schreie ich nach irgendwem oder irgendwas um Hilfe
Und stehe doch endlich auf meiner lang ersehnten einsamen Insel

Es gibt hier eigentlich nichts, das mich wirklich stört
Nur eines regt mich ein bisschen auf und zwar, dass mich keiner hört
Beziehungsweise meine Sprache nicht versteht

## DER PAZIFIST IM PAZIFIK

Was macht der Pazifist bloß im Pazifik?
Sucht er dort nach Atlantis?
Müsste er dafür nicht in den Atlantik?
Was macht der Pazifist bloß im Pazifik?

Mag er keine mediterranen Meditationen mehr haben?
Vergaß er etwa, wie überwiegend friedlich sie dort Sommer für Sommer
Schulter an Schulter am Strand lagen?
Ohne zu baden, ohne oben was zu tragen, um noch besser in der Sonne zu darben,
und wie sie zu schlapp waren, einander wirklich ernsthaft zu hassen?

Was macht der Pazifist bloß im Pazifik?

Sollte er nicht lieber ans tote Meer fahren?
Um sich dort vom gewaltig salzhaltigen Wasser tragen zu lassen?
Verheilen dort nicht auch durch basische Verätzung und
Wertschätzung der Katharsis alle Narben?

Was macht der Pazifist bloß im Pazifik?

Da gab es doch seit Pearl Harbor und Hiroshima keinen Krieg?
Oder ist es eben dies, woran ihm dabei liegt?
Gibt es denn noch andere Dinge, wovor er flieht?
Ob es der Zornausbrüche verursachenden Wettereinflüsse
wie Nebel, Regen, Schnee und Nacht wegen passiert?
Als ob er am Meeresgrund nicht ebenso friert wie ein Tropf oder ein Fisch
und als ob dort unten nicht jedes Licht dämmrig verlischt
wenn er zugibt, dass er nur allzu gerne mit den Worten spielt

Und das macht der Pazifist im Schoß des Pazifiks:
Er ist dort dermaßen friedliebend
dass die Haut ihre Atmung einstellt
wie auf ein lebenswichtiges Medikament

## ÜBER DEN JORDAN

Über den Jordan gibt's nicht viel zu sagen
Außer dass keine Schiffe auf ihm fahren
Und viele Menschen und Fische in ihm baden

Über den Jordan kann man auch nicht zu Fuß waten
Als guter Schwimmer ist es vielleicht zu schaffen
Von der einen Seite zur anderen zu geraten

Über den Jordan einen klaren Gedanken zu fassen
Ist bei weitem schwieriger als wir gedacht haben
Eingetaucht wirbelt Schlamm. Voller Matsch ist das Wasser
Undurchsichtig wie ein Krieg. Der Grund wird sich nie sehen lassen

Getauft wurde ich mit Jordanwasser, bin dabei aber nicht untergegangen
Und mehr will mir dann spontan wirklich nicht mehr einfallen über den Jordan
Ins tote Meer

# V. ANSCHLÄGE

## BAUCHPLATSCHER
## oder: Das Leben brennt

Auf der Suche nach dem Flash
Gab's den ein oder anderen Crash
Unvermeidlich, will man alles ausloten
Verbrennt man sich die Pfoten
An einer heißen Herdplatte, lernt man dazu
Und berührt sie wohl nur noch mit einem Schuh
Doch deshalb geht man noch lange nicht auf leisen Sohlen
Und lässt sich Hände, Arme, Füße, Beine verkohlen
Und schon gar nicht sich selbst. Ein unlöschbares Feuer
Der Instinkt ist lernfähig und Erkenntnis der Erfahrung nie geheuer
Es ist der Bauch, der geht durch dick und dünn
Auf der Suche nach dem einen Sinn
Es ist der Bauch, der geht durch dünn und dick
Auf der Suche nach dem nächsten Kick

## DER STARFIGHTER

Er ist ein Kämpfer
Er strebt nach Ruhm
Er fliegt den Sternen entgegen
Um sie zu bombardieren, sie gefangenzunehmen, sie herunterzuholen
Und sie sinnlos um sich herum zu verstreuen
Sie aufblinken zu lassen bis zum Vorgang des Verglühens
Er wird dabei abgeschossen werden
Für jeden Höhenflug eine harte Bruchlandung
Auf den unbeleuchteten Pisten seiner Nachtwachen
Die jede ausgestreckte rote Kelle bislang noch übersehen haben
Er braucht nicht einmal abgeschossen zu werden
Sein Selbstzerstörungsmechanismus funktioniert auch ohne Knopfdruck
Und er bringt es fertig hochzugehen, ohne oben angekommen zu sein
Seine Flügel knicken an den Tragflächen ein
Sie sind weder fürs Düsen konzipiert noch auf sonst welche Belastung zugeschnitten
Bereits vor der Zeit wurden sie von verrosteten Scheren gestutzt
Gestützt allein von den maroden Subventionen seiner Alltäglichkeit
Sind all seine Abstürze vorprogrammiert gewesen

Schaut, da liegt er nun
In sich zusammengesunken
Wie ein Wrack in neuem Anzug
Sorgt er sich um die Sensationen
Für die er eigentlich sorgen wollte
Und die nur sanfte Skandale auszulösen imstande sind
Als er sich dann schließlich doch noch auf Kollisionskurs begibt

## VERFICKTE GESCHICHTE

Bis oben hin gerammelt voll
mit Unruhe, Zahlungsaufforderungen und Liebesnöten
versammelst du all das Gescheiterte um dich herum

Du bist selbst noch rechtschaffen beim Falschmachen

Diesmal hat es dich
wirklich kalt erwischt

Deine Arbeit ist erledigt
Die Drucksachen sind abgefertigt
Und du bist es auch

Wie auf eine heiße Herdplatte gewichst

## WAS ICH HIER VERLOREN HABE

Er gebärdete sich wie der Vorsteher des Städtischen Fundbüros, als er mich fragte, was ich hier verloren hätte.

Und ich fühlte mich plötzlich stark an einen Streich meiner Kindheit erinnert, wo ich zusammen mit ein paar guten Freunden immer bei wildfremden Leuten anrief, um sie zu belästigen, und ich – oder war's ein anderer – ich weiß es nicht mehr genau – darauf verfiel, sie, nachdem ich mich (bleiben wir ruhig in dieser Erzählperspektive, sie dient so vorzüglich zur Selbstbeweihräucherung oder zur Selbsterniedrigung) als Fundamt und mit erfundenem Namen vorgestellt hatte, fragte, ob sie nicht etwas verloren hätten. Die Person am anderen Ende der Leitung überlegte mittellang, sie stand offenbar auf derselbigen und ließ ein unsicheres Nein verlautbaren, was mich dazu veranlasste, nachzuhaken und die Frage auf den gesamten Haushalt auszudehnen; wir, diese kleine Gruppe von Verschwörern, die beschlossen hatte, die Welt in den Wahnsinn zu treiben (man hatte ja früher noch Ideale), saßen unterdessen da, hielten den Atem an und grinsten, denn es geschah das Unglaubliche, und zwar wurden tatsächlich die anderen – es waren wohl Familienmitglieder – nach abhanden gekommenen Gegenständen befragt. Nach einer angemessenen Zeitspanne – wir hielten uns unterdessen bereits die Bäuche, lautete die Antwort wieder, diesmal etwas bestimmter: Nein, tut mir leid (er entschuldigte sich wirklich ohne Ursache), wir haben hier nichts verloren. Geistesgegenwärtig behauptete ich nun, es läge mir allerdings etwas vor, was mich zu der Annahme führte, dass ausgerechnet sie ein gewisses Ding verloren haben müssten. – Was es denn sei? – Das dürfe ich nicht sagen, sonst würden sie selbstverständlich erklären, es gehöre ihnen, dabei wolle ich doch nur sichergehen, dass es sich auch um ihr Eigentum handele, u.s.w., und ob sie sich denn nicht auf die Suche danach begeben könnten. Und wiederum ereignete sich das Wunder und man hörte es rascheln und klappern, als würde die ganze Wohnung auf den Kopf gestellt werden, und nicht nur sie, auch wir standen mittlerweile Kopf, hatten uns an den selbigen gelangt und lachten uns schallend die Hucke voll, bis plötzlich eine wütende Stimme an den Apparat ging, lauthals schimpfte und den Hörer auf die Gabel knallte.

Jetzt war auch das Organ, das vor mir stand, etwas unfreundlicher geworden. Richtiggehend distanzlos schrie es mich an, was ich hier zu suchen hätte. Ich dachte mir bloß, was ist das denn für eine Art, wildfremde Leute zu behandeln. O.K. Ich bin uneingeladen auf diese Party gekommen, ich habe mich im abgesperrten Bereich aufgehalten, ich habe ein paar Getränke mitgehen lassen, ich habe in eine Blumenvase reingekübelt, aber sind das etwa Gründe, mich so anzuplärren. Also wappnete ich mich auf die nun stetig wechselnden Fragen, von denen es anscheinend nur zwei zu geben schien, nämlich zum einen: was hast du hier verloren? und zum zweiten: was hast du hier zu suchen? mit einem kaltschnäuzigen: Mein Bier, worauf er die Blechdose, die er gerade hielt, mit seiner Faust zerknüllte und sie mir zeigte, und ich höflich zu ihm sagte, das ist nicht mein Bier, und ich eine der hier gestohlenen Flaschen aus den riesengroßen Taschen meiner Lederjacke fischte, sie ihm über den Schädel zischte und mich danach von der Gastgeberin gezwungen sah, dass ich ihr den Boden wieder sauber wischte.

## PRÜGELKNABEN

Einer muss immer dafür herhalten
Für das eigene Fehlverhalten
Einer muss immer dafür herhalten
Für das eigene Versagen
Einer muss immer dafür herhalten
Dafür gibt es die Prügelknaben
Ausgesetzt den fremden Gewalten
Dafür gibt es die Prügelknaben
Auf die wir einschlagen
Dafür gibt es die Prügelknaben
Mit denen kann man es ja machen
Denn einer muss immer dafür herhalten
Und der kriegt es besonders gesalzen
Einer muss immer dafür herhalten
Der wird nicht mehr losgelassen
Einer muss immer dafür herhalten
Wenn wir ihn und es nicht packen
Einer muss immer dafür herhalten
Dafür gibt es die Prügelknaben
Gegen das eigene Fehlverhalten
Dafür gibt es die Prügelknaben
Gegen das eigene Versagen
Dafür gibt es die Prügelknaben
Ausgesetzt den fremden Gewalten
Denn einer muss immer dafür herhalten
Dagegen gibt es die Prügelknaben
Die an unbekannten Straßenecken warten
Dagegen gibt es die Prügelknaben
Die früher selber einmal schwach waren
Dagegen gibt es die Prügelknaben
Die dann langsam erstarkten
Dagegen gibt es die Prügelknaben
Die jetzt die anderen schlagen
Denn einer muss immer dafür herhalten
Und mit uns kann man es ja machen

## WIE ICH LERNTE MEINEN GRÜN-GRAU-BLAUEN AUGEN ZU TRAUEN

Mach die Augen zu
Was du dann siehst, das gehört dir
Sprach eine Stimme meiner Kindheit zu mir

Ich sehe einen riesigen Fernseher mit vielen Bildern
Einen Computer mitsamt Spielen
Abenteuerfiguren zum Rumwerfen
Witzigste Comicsammlungen
In bis zu 100 Metern Tiefe wasserdichte Armbanduhren
Flitzebogen und schallgedämpfte Schießpistolen
Fernbedienungen für Stereoanlage und Videorecorder
Zeitungen zum Arschversohlen
Gute Nachrichten und schlechte Filme
Schmatzende übelriechende Gute-Nacht-Küsse

Nein Nein Nein, das gilt nicht, das gibt's nicht
Das bildest du dir alles bloß ein
Du musst die Augen ganz fest schließen
Und was du dann siehst
Das gehört auch wirklich dir
Spricht erneut die Stimme
Diesmal klingt sie sogar richtig gönnerisch
Und man könnte meinen, sie spräche mit mir anstatt zu mir
Doch da habe ich mich wohl glatt getäuscht
Meine Stimme jedenfalls gleicht demselben Geräusch
Als ich darauf erwidere
Mach du nur die Augen auf
Was du dann siehst, das stört mich gewaltig
Wie dieser Knall, der patschend klatscht
Und das ganze schöne Bild verwackelt

## KREUZ- UND QUERVERHÖR

IX.

Hast du schon wieder getrunken? Meinst du, das rieche ich nicht? Wie lange, denkst du, mache ich dieses Spielchen noch mit? Bereits zweimal warst du nun schon auf Entzug, und was hat sich gebessert? Weißt du, dass du unausstehlich bist, wenn du gesoffen hast? Ist dir bewusst, was für eine erbärmliche Kreatur du dann abgibst? Merkst du überhaupt, dass du rumtorkelst und dich überall festhalten musst? Willst du dich jetzt schon wieder an unsere Zimmerpalme klammern, um sie aus dem Topf herauszureißen und die ganze Erde auf dem Fußboden zu verteilen? Und wer soll den Dreck saubermachen, den du hier veranstaltest? Wie siehst du überhaupt aus? Hast dir wohl auf den rechten Ärmel gekotzt, wie? Den Finger nicht schnell genug aus deinem großen Maul, aus deinem Gierschlund rausbekommen, heh? Weißt du, dass mir das alles dermaßen zum Hals raushängt? Hörst du, wie das Kind schreit, weil du hier so polternd reingestürzt bist? Aber das ist dem feinen Herrn ja scheißegal, solange er nur jemanden zur Putze und Hure hat, oder? Findest du das etwa gut, mich mit deinem verpesteten Atem anzuhauchen, während du über mich drübersteigst? Du kommst gar nicht auf die Idee, dir die Zähne vorher zu putzen, oder einfach mal nichts zu trinken, heh? Glaubst wohl, dass deine tollen Hustenpastillen alles überdecken, was? Und wie du stinkst, aber das riechst du wohl gar nicht mehr, heh? Meinst du, es ist vielleicht schön, mit anzusehen, wie du den Kleiderschrank mit der Toilette verwechselst und dabei einen Mordsradau machst, der selbst die Toten aufwecken könnte? Kriegst du das noch mit? Oder bist du schon so abgestumpft, dass dir alles gleichgültig ist?

VIII.

Und, wie war's letzte Nacht? Hast du dich gut mit deinen Freundinnen amüsiert? Mal wieder wie in alten Zeiten die Gegend unsicher gemacht und viel über alte Geschichten gelacht, was? Kichert ihr immer noch so albern wie früher, wenn ihr so wie die Glucken zusammensitzt, und eure Likörchen und Weinchen schnabuliert? Wie hart das ist, trocken zu bleiben nach einer durchgeschufteten Spätschicht mit 'ner Frau, die sich mit einer Fahne, die zum Himmel stinkt, zu einem ins Bett legt, ist dir klar, oder? Und dass das eigentlich gar nicht zu schaffen ist? Jetzt fang bloß nicht wieder mit der Tour an, ob du dich denn dermaßen abschießen würdest, ob du dich dann an alle Frauen ranmachen und über sie hermachen würdest, wie ich es angeblich tue? Weißt du, wie ich diese absurden Vorwürfe satt habe? Hast du 'ne Ahnung, bis wohin sie mir bereits stehen? Versuche ich etwa, eine Mücke mit einem Elefanten zu vergleichen? Außer dass beide einen Rüssel haben, kommt wohl nicht viel mehr dabei heraus, meinst du nicht auch? Was, ich würde, sobald ich den Mund aufmache, nur Anzüglichkeiten von mir geben? Benimmst du dich etwa damenhaft? Oder, was war das neulich, als du diesen Kerl angebaggert hast? Flirten nennst du das? Willst wohl wissen, ob du noch attraktiv genug für andere bist, heh? Und bei mir handelt es sich natürlich gleich um Oralverkehr, was? Der Unterschied ist, ich würde es mit einer eindeutigen Absicht verbinden? Oh, Oh, Oh, ob es sich hierbei nicht um eine krankhaft übersteigerte Eifersucht handelt, ich weiß ja nicht? Was das mit den ganzen Frauen anbelangt, so verstehe ich nicht, wie du so reagieren kannst, du bist ja schließlich keine Lesbe, oder? Sonst wärste wohl nicht mit mir zusammen und hättest wohl auch kein Kind von mir, mmh? Wenn ich so eine Kacke schon höre, dann ... dann? Übrigens glaube ich, dass der Kleine seine Windeln wieder vollgeschissen hat, so wie der brüllt, glaubst du nicht auch?

## VII.

Kannst du mir mal verraten, warum du dein Kind so verwöhnst und ihm alles in den Hintern schiebst? Sobald er etwas befiehlt, dann rennst du sofort los und erfüllst ihm seinen Wunsch, ist dir das schon einmal aufgefallen? Findest du nicht auch, dass er sich wie ein kleiner Tyrann aufführt? Meinst du nicht, dass er noch ein ganz verzogener Fratz wird, wenn er schier alles bekommt, was er haben will? Jetzt sag mir bloß nicht, dass du nur ihn hättest und sonst gar nicht wüsstest, wofür du lebst, du weißt doch, dass das nicht stimmt, oder? Übertreibst du deine mütterliche Fürsorge oder wie immer man das nennen soll, nicht etwas? Merkst du gar nicht, dass er seine

Kränkeleien gegen dich einsetzt, sie besonders dann auftreten, wenn er etwas Bestimmtes erreichen will? Und dann seine Halsstarrigkeit und Sturheit, wenn er etwas ablehnt, weißt du, wie er mir in solchen Momenten manchmal vorkommt, wie ein Opa, wie ein uralter Opa, der so viele vorgefasste Prinzipien verinnerlicht hat, dass sie scheinbar willkürlich aus ihm hervorbrechen, mitsamt der dazu gehörigen schlechten Laune, sag mal, findest du es nicht ebenso verwunderlich wie ich, dass er so selten lacht? Hast du schon einmal ein Kind gesehen, das kaum lacht, auch wenn man ihm die Freude bereitet, nach der es sich angeblich gesehnt hat? Verstehst du, warum er überhaupt nichts hinnehmen kann, so, wie es ist, sondern immerzu wieso und wozu fragen muss, ja grundsätzlich alles in Frage stellt? Zeugt das nicht von argwöhnischstem Misstrauen?

## VI.

Was hast du nun schon wieder ausgefressen? Musst du deine Mitschüler denn immer verprügeln? Du weißt, dass es sich diesmal um eine Magenblutung handelte? Der Hubschrauber ist nicht umsonst gekommen, das ist dir klar, oder? Willst du etwa in ein Heim für schwererziehbare Kinder? Oder in ein Jugendgefängnis? Und warum hörst du nicht endlich mit diesem ewigen Fingernagelgekaue auf? Tust ja gerade so, als würdest du zuhause nichts zu essen kriegen, aber das bekommst du ja wohl genug, heh? Oder wärst du sonst so fett und könntest deine überschüssigen Kräfte an wehrlosen Mitschülern auslassen und sie verkloppen? Weißt du, dass du einen Schaden hast und in Behandlung gehörst?

Oder willst du erst mal eine gehörige Tracht Prügel? Hast du schon einmal bemerkt, dass du danach eine Zeit lang Ruhe gibst, als ob du dich regelrecht danach sehnen würdest? Verstehe einer, warum du dich immer wie ein Berserker aufführst? Möchte wissen, von dem du das hast? Oder legen wir auch so ein aggressives Verhalten an den Tag? Du fühlst dich wohl enorm stark, wie? Aber wir werden ja sehen, wer hier der Stärkere von uns ist, nicht wahr?

V.

Hast du einmal mitgezählt, wie oft du in letzter Zeit auf Dienstreise warst? Weißt du eigentlich, wie einsam ich mich dann häufig fühle? Und an wem alles hängenbleibt? Wer alle Entscheidungen alleine treffen darf? Und alle Arbeit allein machen muss? Findest du es nicht feige, vor der ganzen Verantwortung zu fliehen? Kommst du mir jetzt schon wieder damit, ob du nicht derjenige bist, der das Geld verdient? Und ob wir ohne es diesen Lebensstandard hätten? Was wir uns sonst nicht leisten könnten? Und ob wir dadurch nicht alles haben, was wir brauchen? Hast du noch gar nicht gemerkt, dass ich etwas anderes brauche? Und weißt du auch, dass die Bekannten sich bereits untereinander erzählen, du hättest bestimmt eine heimliche Geliebte?

IV.

Warst du schon einkaufen? Hast du an den Käse gedacht? Ist er fertig für die Pizza geraspelt? Hast du danach auch alles wieder saubergemacht? Abgespült? Abgetrocknet? Die Spüle ausgewischt? Aber doch wohl nicht mit dem Scheuerlappen für den Herd, oder? Und wie sieht es mit den Küchenschränken aus? Sind die abgeputzt und danach poliert worden? Hast du Getränke aus dem Keller geholt? Und das Bier in den Kühlschrank gestellt? Ist der Teppich gestaubsaugt? Sind die Fliesen gebohnert, und hast du Staub geputzt in der unteren Etage? Ach ja, wie sieht es überhaupt in deinem Zimmer aus? Liegt da immer noch so viel rum? Du hast dort doch wohl mittlerweile aufgeräumt, oder? Und was ist eigentlich mit dem Garten los? Ist das Unkraut gejätet? Der Rasen gemäht? Sind die Sträucher beschnitten? Das Laub zusammengerecht und auf den Kompost gebracht? Wurde das Beet umgegraben? Sind anschließend die ganzen Gerätschaften wieder in die Garage gestellt worden? Du weißt doch, wo sie hingehören, oder? Du hast dabei aber hoffentlich keinen Lack vom Auto abgekratzt? Hast du vorhin beim Einkaufen an den Fonduekäse für das Wochenende gedacht? Kannst du mich bitte später nach meinem Mittagsschläfchen wecken?

## III.

Sag, hast du Drogen genommen? Willst du etwa so enden wie dein Vater? Auf arbeitslos machen, saufen, kiffen, herumhuren und was nicht noch alles? Ein faules Schwein sein, das auf Staatskosten sich ein angenehmes Leben macht? Einer derjenigen, die von unseren Steuergeldern sich vergnügen? Willst du solch einen Werdegang einschlagen? Ein Schmarotzer der übelsten Sorte werden? Ihm nacheifern? Soll ich dich gleich unter die nächste Brücke oder in die Gosse zu den Pennern verfrachten, denn da scheinst du ja hinzugehören, heh? Da würdest du dich wohlfühlen, was? Da könntest du endlich tun und lassen, was du willst, oder? Dir ist klar, dass du hier wie eine Made im Speck lebst? Dass du alles hast, was du brauchst? Dass wir alles daransetzen, dir später ein besseres Leben zu ermöglichen? Weißt du, wie viel wir monatlich für dich ausgeben? Dass wir dafür schuften müssen? Und dass dein Vater, den du ja so zu verehren scheinst, dass du ihn gar zu imitieren versuchst, nicht eine müde Mark für dich bezahlt? Dass dieser werte Herr es gar nicht nötig hat, für dich aufzukommen? Dass du von Glück reden kannst, dass ich nochmals geheiratet habe, um dir ein sicheres und komfortables Leben bieten zu können? Und das soll jetzt der Dank dafür sein, dass du dich mit Drogen vollpumpst?

## II.

Wie viel brauchst du denn diesmal? Soll ich etwas mischen? Was vom Rotem? Vom Schwarzen? Ein bisschen Gras dazu? Vom Selbstangebauten oder lieber Super Skunk? Wie teuer das letztere ist? Du meinst wie billig? Du weißt ja, dass ich das ganze Zeug zum EK an dich weitergebe, oder? Also, wie viel soll ich abwiegen? Ach ja, ich hab mir überlegt, dass ich dir zu Weihnachten und zum Geburtstag jetzt immer Dope schenke, ist doch auch für dich in Ordnung so? Ich meine, ob du das Geld bekommst und wieder in Stoff anlegst, oder ob ich dir den Kram gleich gebe? Ist doch so viel weniger umständlich, mmh? Wenn du in die Küche gehst, bringst du mir ebenfalls ein Bier mit? Kannst du gleich wieder eine Handvoll Dosen aus dem Vorratsschrank in den Kühlschrank schmeißen? Wollen wir heute Abend einen geilen Film anschauen, oder hast du eher Bock auf ein paar coole Computerspiele? Ist dir aufgefallen, dass du einen ganz schönen Zug draufhast und fast doppelt so schnell trinkst wie ich, als ob du mein Getrinke tagsüber aufholen wolltest? Und qualmen tust du auch ganz schön viel? Du rauchst mir noch die Haare vom Kopf, heh? Du weißt schon, dass dein arbeitsloser Vater deshalb morgen wieder Überstunden im Zigarettenstopfen einlegen muss, oder?

I.

Was war denn hier los, als wir weg waren? Kann man nicht einmal mehr unbesorgt in den Urlaub fahren, ohne dass sich gleich eine Katastrophe ereignen muss und es aussieht, als ob eine Bombe eingeschlagen hätte? Hast du eine Party gefeiert, obwohl wir dir das verboten hatten? Und anscheinend eine Horde von Wilden dazu eingeladen? Was hast du nur für sogenannte Freunde? Zerstört ihr bei anderen Eltern auch das ganze Haus? Stampft draußen im Garten durch die Beete? Ascht in die Blumentöpfe? Grabt eure Kippen in sie ein? Hinterlasst Brandlöcher in den bezogenen Stühlen und den Kissen vom Sessel? Schmeißt teure Gläser und Geschirr kaputt? Verhängt die Bilder an den Wänden und bringt überhaupt das ganze Mobiliar durcheinander? Sifft den Teppich voll und verrückt die Couch über die Flecken, als ob man das nicht merken würde? Du hältst uns wohl für total bescheuert, oder? Und was ist mit den Fliesen? Siehst du, dass da neue Sprünge drin sind? Sind euch wohl irgendwelche Flaschen herunter gefallen, die ihr nicht mehr halten konntet, heh? Habt einfach die Scherben unters Sofa gekehrt, was? Und rate mal, was wir noch im Garten fanden? Kannst du mir sagen, wer die zerknüllten Bierdosen ins Gebüsch geschmissen hat? Und warum riecht es da hinten an der Hecke so komisch? Was grinst du nun so saublöd vor dich hin? War wohl das Klo dauernd besetzt, so dass draußen eine Pisspiste errichtet werden musste? Weißt du, was man mit einem Hund machen würde, um ihm beizubringen, dass so etwas nicht geht? Aber du würdest es ja noch nicht einmal lernen, wenn man deine Schnauze in die eigene Scheiße und Kotze hält, oder? Und weißt du auch, was ich dir nie verzeihe? Kannst du mir verraten, wer in unserem Ehebett war und dort die Laken vollgewichst hat?

0

Eine Null ist nicht vorgesehen. Niemand, wirklich niemand hier ist eine verdammte Null.

## VERSAGER

Deine Eltern sagen
Du vermasselst alles
Deine Eltern sagen
Du zerquasselst alles
Deine Eltern sagen
Du verprasst alles

Soweit die Sagen deiner Eltern

Deine Eltern und du
Das sind drei verschiedene Paar Schuh'
Sie werden dich nie auf eigenen Beinen stehen lassen
Sie werden sich dir immer irgendwie als gebrechliche Krücken unterjubeln
Wegen ihnen kannst du kaum irgendwo mehr Fuß fassen
Denn sie amputierten ihn dir. Du bist der Phantomschmerz, an dem sie rubbeln
Du bist ihre Prothese, ihr Ersatz für ihr verpfuschtes Leben
Du fragst dich, wann sie dir auch noch den Stumpf abnehmen

Und du fragst dich
Ob du wirklich ein Versager bist
Wie sie dir sagen
Oder ob du deshalb ein Versager bist
Weil sie sich dir versagten
Und somit selber versagt haben

Und du antwortest dir
Dass, wenn du nun schon als Versager dastehst
Du dir doch wenigstens versprechen könntest
Dich den Versagern irgendwann zu versagen
Denn du weißt
Sie wollten nur dein Bestes
Und zu versagen ist nicht gut

## ES WAR NICHT NUR CALZIUMMANGEL

Ich kaue nicht mehr an meinen Fingernägeln
Seit dem Bruch mit meinen Eltern
Auch habe ich keine Warzen mehr am Körper
Es ist nur die Heimatlosigkeit, die stört sehr
Denn ich weiß nicht wirklich, wohin ich gehör'
Aber ich kaue nicht mehr an meinen Fingernägeln
Seit dem Bruch mit meinen Eltern
Muss ich mich gegen keine Vorwürfe mehr erwehren
Denn ich werde alle Unterstellungen einfach verwerfen
Mich nicht mehr nach denen sehnen, die doch nicht helfen
Entgegen jeder An-und Ein-und Absicht mich dennoch nicht
versperren
Nein, mich nur dagegen stellen, mich nicht ab-, sondern auflehnen
Seit dem Bruch mit meinen Eltern
Kaue ich nicht mehr an meinen Fingernägeln
Nun haben sich jedoch auf kurze Zeit hin vermehrt all die
Gebrechen
Denn man kann solch einem Leben unmöglich so lang entsprechen
Nur so weit, wie die Lichtblicke ihre Schatten voraus- und
zurückwerfen
Seit dem Bruch mit meinen Eltern
Trauere ich wegen meinen Fingernägeln

## VOR DEN UNZERSTÖRBAREN KETTEN KÖNNEN UNS NUR NOCH SEHR STARKE FESSELN RETTEN, ODER DER HÄNDERING UND WIE ALLES ANFING WIRKLICH SCHLIMM ZU WERDEN

Siehst du jemals ihre Hände zittern
Ihre gilbig-pergamentene Haut sich entblättern
Sie sybillinisch, klinisch tot ihre von wem wann wo erwähnte permanente Kauerhaltung einnehmen
Sicher sich mit einem Sichelstreich wie bei den Schnittern zuvor noch einen Halm abraspeln
Bevor sie den Lebensbaum vollends zerschmettern
Warum kauerst du so verspannt am klaffenden Stamm
Lauerst auch du gebannt auf seine endgültige Spaltung
Dem fallenden, krachenden, unbewachten Bamm
Sobald sie das Bein in Bewegung setzen und zuerst leicht anheben
Sie leisten diesen Bruch immer für jemand anders ab
Sie ziehen ihn einfach durch aus Mangel an Beweisen von Mut
Die wirkliche Knochenarbeit besteht einzig darin, artig die richtige Fährte zu verwittern
Um das Klimaimmanente in der Atmosphäre
Um die Tangente der höchsten und somit tiefsten Berge
Ausgetrockneter und gänzlich ebenerdiger Meere fremder und weiter entfernter
Als jemals von menschlichen Händen auszudenken gewesener Planeten zu erklettern
Um den der die dem Termin-Wann-Wahn zu entrinnen
Lebenslinien dringend zu erzwingen
Bis eine klitzekleine nicht-hätte-sein-müssende Verästelung den Kollaps mit sich bringt
Und wir alle dann demnach danach von vorne wieder beginnen
Uns händeringend nach dem Vorleben unsrer zehn Finger zu sehnen
Wir lassen uns davon auch dieses Mal nichts anmerken und werkeln weiter vor uns hin
Und spüren wieder jenes Kribbeln und diesen Druck, der auf all unseren Taten lastend liegt
Sich unaufhörlich weiter verstärken
Das Kippen eines Kribbelns, das uns vor scheinbar langer Zeit befiel
Während wir unsere Hände von hinten wie zum ersten Mal sehen

Und wie ihre Flächen sich ausbreiten, dehnen sich ausstrecken
Nach jenen
Für die es kein nächstes Mal mehr geben wird
Und vor allen Dingen kein Zurück
Könnten wir da nur durchblicken

## ICH HABE EUCH DEN RAUSCH VORAUS UND BIN NICHT STOLZ DARAUF

Im zarten Alter von zwei Jahren enterte ich den Rausch
Ich konnte gerade mal laufen
und lallen sowieso, sagte Popo statt Papa
und Schlampa statt Mama und war gewiss kein einfaches Kind
Ich habe immer schon gern alles ausprobiert
da fand ich eines Tags ein ganz volles, verlassenes Martiniglas
das ich unversehens mit einem Zug vollständig leer trank
Ich wurde daraufhin in meine Bettstatt, den Laufstall, gebracht
denn man befand mich allgemeinhin für furchtbar krank
Das ist eindeutig mein erster Filmriss gewesen
von dem ich nie richtig genesen bin
denn deutete sich hier nicht bereits an
wie es im weiteren Verlaufen dazu kam
dass ich einen Großteil meines Lebens
nur aus den Erzählungen anderer erfuhr
Später dann, die Scheidung meiner Eltern war abgetan
bekam ich eine Eisenbahn von meinem Vater
Ich freute mich sehr darüber
doch nahmen er und sein Bekannter
die Güterwaggons dafür her
um von einer Ecke des Zimmers in die andere
ihre Joints zu transportieren und sich dabei köstlich zu amüsieren
Zurück zur Mutter
sie stellte ihre Kippen damals noch selbst her
verrätst du – also ich – aus Versehen deinen Erzeuger
indem du unschuldig fragst
weil du es einfach nicht verstehst:
Mami, warum drehst du nicht so große Zigaretten
bei denen alle mitrauchen können?
Nein, ich halte keinesfalls mein Maul
denn ich scheiß' durchaus nicht darauf
Im zarten Alter von zwei Jahren entehrte mich der Rausch

## BEWUSSTSEINSSCHMÄLERUNG

Die Wirkung lässt nach der Einnahme auf sich warten
Diese Wartung repariert sich nicht von selbst und zieht sich
Eine Ziehung ist Glückssache und kann Verlängerung, Dehnung, Vollstreckung bedeuten
Doch Bedeutung wird dem nicht mehr beigemessen, man ist ja jetzt schließlich bewichtigt
Jene Wichtigkeit kann für einen Zwerg gehalten werden, der den ganzen Horizont vorverstellt
Aus der Vorstellung nun entwickeln sich Phantasien, die sich um Gehirnentwindungen drehen
Diese fortwährende Drehung um den selbstgemachten Strudel erzeugt einen Sog
und endlich gerät das erste Boot ins Schwanken
Der Schwank von letzten Abwegigkeiten, Zusammenstößen und Untergängen wird mit Glut erzählt
und ihre Asche in die Runde gestreut
Rund um Zerstreuungen wird dann gekreist bis mehr anekelnd als aneckend
der instabile Kreislauf einen holt
Das Geholtwerden verwandelt sich in eine Bringschuld  und das Verschicken hält die Fäden
zum Paket  beieinander  solange es nicht reißt
Beim Reisen aber ist alle Vorsicht aufzubieten, denn die Ruinen der Leuchttürme sind zerbrechlich
in ihnen die Wendeltreppen steigen so wie sie fallen
Die Falle ist die Steigerung, das ist der auch Grund, der nicht auf sich warten lässt und das alles
bevor man selbst einen Namen dafür entdeckt
Den dann ausgerechnet ein langjähriger, ehemals bester Freund und erste Liebschaft trägt.

## IM REKTUM, UMS REKTUM UND UMS REKTUM HERUM

Warst du jemals im Arsch?
Ich frage nur rein interessehalber nach,
denn in den meisten Staaten ist es unter höchster Strafmaß-androhung verboten, im Arsch zu sein.
Nein? Du warst also noch niemals im Arsch.
Auch nicht, mal angenommen, wenn dir jemand sagt,
dass du es hier ohne irgendwelche Schwierigkeiten sein darfst?
Das sei natürlich etwas anderes. Warum ich das
denn nicht gleich gesagt hab?
Vielleicht um zu verhintern, dass sich jemand interessant macht.
Du warst also demnach schon mal im Arsch!
Und wie war's? Bereitete dir das irgendwelchen Spaß?
Ach, du wurdest noch nie so einen Kack gefragt!
Ja, weißt du denn nicht mehr, wie sehr du damals im Arsch warst?
Wie du früher deine Fürze angezündet hast
Wie du als stolzer Feuerfurzer aus dem FF so verwegen aussahst
Umständlich mit heruntergezogener Hose hantierend, das Streichholz im Anschlag
Ich sehe dich noch heute, als wär's gestern gewesen, wie du danach unter Schmerzen lachst
Und dich fragst, ob es nicht 'ne bessere Methode gibt, wie du dich am Arsch enthaarst
Und das alles, bevor es überhaupt die anerkannte Berufsbezeichnung des Flatusforschers gab
Hast du das Gebiet bereits abgesteckt gehabt und es erhoben zu einer wahren Wissenschaft
Doch gerade zu diesem fortgeschrittenen Zeitpunkt haben sie dir Popoklatsche mit Anlauf
oder 'nen Einlauf verpasst
Dass du ein Skatologe oder ein Koprophage wirst, davor hatten sie wohl Angst
Sie wussten selbst nicht genau wovor genau, nur dass ...
Du hast ihnen einfach zu oft Sätze wie „Ich werde in die Annalen der Geschichte
mit dem Codex des Podex eingehen“ an den Kopf geknallt
Worauf sie nur hämisch erwiderten „Nimm den Finger aus dem

Popo und gib der Tante die Hand"
Und du dir dachtest „Ich ziehe jetzt andere Saitlinge auf diese Würstchen
umhüllt von zartbeschichtetem Darm"
Doch sie trafen dich immer wieder mitten ins Herz, hinterrücks und afterwärts
pferdeveräppelten sie dich, wo sie nur konnten, und du schließlich
wegen überfüllter Muskeln geschlossen worden wärst
Wenn du es nicht geschafft hättest, dass du direkt zu ihren Eingeweiden sprächest
und aus ihnen läsest
Zotige Redensarten wie „In der Not frisst der Teufel Kot" oder „Fresst Scheiße!
Tausend Irre können nicht fliegen, wenn wir sie zuvor mit Taubenmist beschießen."
Und du endlich deinen größten Höhepunkt fandest in den Fäkalien-Philosophien der Libertin-Kretins:
„Ich scheiße auf die reichen Ärsche der Herrscher,
damit die Herrscher keine armen Ärsche mehr bescheißen können"
Denn:
„Wer zu viel in seinen
Hintern gesteckt bekommt
Den Arsch nie ganz voll"
Und was bleibt letztendlich übrig davon:
Kinder machen in die Windeln, und Greise machen in die Windeln
Und so schließen sich die Kreise. Nicht jeder kommt zu Potte
Aber deswegen alles in sich reinfressen zu wollen
Da kriegst du ja höchstens ein Kolon-Karzinom
Und das hast du dann davon, also rege dich bitte nicht künstlich darüber auf,
setze vielleicht einmal bei Gelegenheit einen schönen, dicken Haufen drauf
Denn befindet sich nicht fast jeder schon auf dem besten Wege,
dass er  nur noch über das Wetter und den Stuhlgang spricht
Raffst du es jetzt, wie sehr du im Arsch bist?

## ISS MUS, DAMIT DU GROSS UND STARK WIRST

Der Pluralismus isst den Dualismus
Der Expressionismus ist gegen den Impressionismus
Der Naturalismus verschlingt den Realismus
Der Surrealismus verzehrt sich nach dem Dadaismus
Der Dekonstruktivismus hat den Automatismus zu sich genommen
Der Aktionismus wird vom Journalismus nicht auf die Speisekarte gesetzt
Der Konformismus ist etwas dicker geworden
Und dem Liberalismus ist schlecht

Der Strukturalismus isst den Formalismus
Der Katholizismus ist für den Faschismus
Der Totalismus verspeist den Hedonismus
Der Stoizismus verbeißt sich in den Autismus
Der Egoismus hat den Individualismus gefressen
Der Kommunismus hat den Monotheismus verdaut
Der Existentialismus hat den Positivismus in sich reingestopft
Der Klassizismus ist ausgelutscht
Der Fatalismus ist widergekäut
Der Zynismus wurde ausgespuckt
Der Masochismus hat keinen Hunger
Und dem Pessimismus geht es gut

Ja, iss Dein Muß,damit Du groß und stark wirst
Iß Muß, iß Muß, iß Muß, Ismus, Ismus...
Denn es muß, was muß, das muß

Einen Löffel für den guten Atheismus
Einen Löffel für den wahren Nationalsozialismus
Einen Löffel für den schönen Futurismus
Einen Schöpfer für den
Postneointernonsupraantipanpräparallelismus

Ach, ich habe Eure peristaltischen Bewegungen so satt
Ich gruppiere mich von nun ab um alle Schubladen
Und werde in sie rein-und auf sie draufkacken

## DER SCHREIBTISCHTÄTER

Ich musste schreiben
mich anziehen, mich entkleiden
einen Weg, einen Stil finden
mich um ihn winden, mich daran binden
doch zuerst musste ich meinen Stift finden
Wo mochte er wohl stecken, Versickern des Selbstgesprächs
Ich hatte überall gesucht: er verbarg sich unter meinem Gesäß

## DAS DICHTERTUM UND SEIN PUBLIKUM

Eine Lesung von Gedichten oder ein Lyrikbändchen kann immer dann als gelungen angesehen werden, wenn zumindest die Hälfte der Stücke gefallen. Gewöhnlich behilft sich das Publikum über die eher peinlich zu nennenden Abfallprodukte der Schaffenden, die nicht als solche erkannte Ausschussware, die manchmal eine vielstellige Zahl vor der Wahl verraten lassen können, damit hinweg, indem es beim Applaudieren entweder nur die Daumen einbezieht oder die Bravissimo-Rufe aus dem Ghettoblaster erschallen lässt, da die Masse ja als durchaus lernfähig einzustufen ist, was die Übernahme der Verwendung der multimedialen Ausschöpfung der dadurch massiv aufgepeppten Talente ihrer Lieblinge anbetrifft. Letzthin hatte jemand aus den Reihen der Claqueure das falsche Band eingelegt. Es war eigentlich für eine bekanntere Band bestimmt und beinhaltete mit Hall verstärkte, heisere Zugabe-Schreie, wobei anzumerken ist, dass es furchtbar gefährlich ist, einen Poeten um eine solche zu bitten. Ich habe zum Beispiel einmal erlebt, wie einer von ihnen dann unbedingt eine Arie – wie von der Stimmgabel gestochen – schmettern musste; ein anderer hat daraufhin spätpubertäre Juvenilia vorgetragen, wo ungemein viel von Familienjuwelen und Fäkalhumorhumus die Rede war, die, wie er stolz verkündete, er bereits im Alter von 24 Jahren geschrieben hat; einem anderen wiederum hat es zu außergewöhnlichen Bekenntnissen gedrängt, so dass er vor versammelter Mannschaft ein Geständnis ablegte, indem er zugab, als Kind immer heimlich die Kleider seiner Mutter getragen zu haben, worauf eine ältere Dame, die zum gegenwärtigen Zeitpunkt seine Mutter hätte sein können, aus lauter Nächstenliebe heraus anfing, ihre Klamotten auszuziehen, um sie auf die Bühne zu schmeißen. Der Dichter fühlte sich beim Anblick der fallenden Hüllen derart geschmeichelt und endlich vollkommen richtig verstanden, dass er begann, seiner alten Lust zu frönen und versuchte, sich mit der Wäsche anzutörnen.

Das waren so diejenigen Dinge, welche die Fans unter einer wahren Performance verstanden. Das Publikum tobte und toste und klatschte sie daraufhin allesamt an die Wand.

## VERGEBEN VERGESSEN

Ein Mann steigt einer Frau beim Tanzen auf den Fuß
und bittet um Verzeihung.
Ein Fußgänger drängelt sich vor einen anderen Passanten
und sagt Pardon.
Ein Kind tritt einem Erwachsenen gegen das Schienbein
und entschuldigt sich.

Sorry, die letzten drei Sätze sind mir so rausgerutscht.
Ich habe sie nicht gewollt.
Wollte eigentlich nur den Beweis antreten,
dass jede Vergebung vergeblich ist,
da der Körper sich sowieso alles merkt,
was ihm widerfährt,
aber da habe ich mich wohl verstiegen,
denn ich wurde sogleich in die psychosomatische Ecke gedrängt,
wo ich heute noch Ellbogenchecks austeile.

## AU

Es gibt da etwas, das an mir saugt
Und mich meiner Lebenskraft beraubt
Ich kann nicht raus aus meiner Haut
Immer wiederkehrend derselbe Traum
In dem ein einzelnes Haar verbrennt und dabei raucht
Und ich kann nicht raus aus meiner Haut
Da ist etwas, das mich auslaugt
Und mir ein Entweichen nicht erlaubt
Ich kann nicht raus aus meiner Haut
Die Spucke klebt mir bereits trocken am Gaumen
Wenn es blitzartig aus der Dunkelheit auftaucht
Und ich kann nicht raus aus meiner Haut
Es ist wie etwas ganz Altes, das nichts mehr taugt
Einst tausendmal berührt, zerfällt es nun, wenn man es abstaubt
Und ich kann nicht raus aus meiner Haut
Noch ist es hier, aber ich spüre es schon kaum
Mehr und mehr stoße ich es von mir, weil es mich braucht
So wie ich es wie ich es eigentlich dringendst zum Leben brauch'
Könnte ich nur endlich raus aus meiner Haut

## ZU ZU

Zu müde, um zu schlafen
Zu schlapp, das Bett zu machen
Zu sehr im Süden, um auf die Sonne zu achten
Zu unterwegs, um zu rasten
Zu belegt, um es hinter einem liegen zu lassen
Zu matt, um zu glänzen
Zu wütend, um endlich auszurasten
Zu zerrüttet, um in Fragilität zu enden
Zu betagt, um woanders zu übernachten
Zu viel in den Ringen, um noch zu tänzeln
Zu sehr Verlierer, um einen Sieg zu fassen
Zu erstarkt, um zu versagen
Und zu klein, um zu wachsen

Zu missraten, um zu verkümmern
Zu nah, um darauf zu zeigen
Zu entsetzlich, um die Lage zu verschlimmern
Zu dicht, um im Gedränge herumzustehen
Zu gastlich, um dort abzusteigen
Zu unbegabt, um zu stümpern
Zu sehr in des Karussells Fahrt, um umzudrehen
Zu jämmerlich, um darum zu wimmern
Zu lachhaft, um dem Spaß sich zu verweigern
Zu kräftig, um die Gewalt endgültig zu ersticken und erdrosseln
Zu still und ruhig und abgewürgt, um zu schweigen
Und bald zu offen und bald zu verschlossen
Bis ich schließlich dann einmal zu tot bin
Um weiterhin zu sterben oder wieder aufzuwachen

# VI. FLUCHTMECHANISMEN

## DER ZERFALL DER ZELLSPANNUNG

Diese Oberfläche ist so glatt
Wie nur irgendwas
Fasst du sie an, rutschst du ab
Ohne die geringste Spur zu hinterlassen
Auf ihren vorgeschobenen Fassaden
Und all den selbstgebastelten Masken
Die sie wie ein Schicksal anhaben
Kann man ihnen so gut wie nichts
Es ist fast schon geradezu klassisch
Die Anpassungsleistung an die jeweilige Belastung
Folgt derjenigen Spannung, die notwendig ist zur Verladung
Von einem Verhaltensmuster auf ein mustergültiges Betragen
In allen Lagen das Ertragen der Sachlagen vermittels verschiedener mehr oder weniger
geringer Medikationsgaben
Die sie nur dann etwas bestraften, wenn sie daran erst letztlich ach so unverletzlich
auch wirklich starben

## WOHER DENN? WOHIN DANN?

Ein Schnitzer macht noch keine Kerbe
Und eine Kerbe verursacht noch lange keinen Spalt
Das der Prozedur des Prozesses
Auf das sie Entwicklung werde
Und dies dem Vergrößern der Macht
Und jenes dem Wachstum der Gestalt
Die Gestalt geworden das Wesentliche vergisst
Bei jedem zu messen mit eigenem Maß
Was bei dem einen natürlich dann besser
Und dem andern wohl leidlich schlechter passt
Mir schwebt dabei das Wachstumsungetüm der hohen Gerichte vor
Und das der getürmten Baumkronenprachten
Die beide himmelwärts all ihre Wurzeln sandten
Als sie lakonisch über ihr eigenes Ende befanden
Dass ein Schnitzer noch keine Kerbe macht
Und eine Kerbe noch lange keinen Spalt verursacht

## DIE OBERFLÄCHEN DER SPLITTER SIND RISSIG. SIE WERDEN WOHL ZERBRECHEN.

Wenn alles zu Bruch geht
Werde ich an den Scherben lecken
Ich werde mit dem Glas
Und nicht mit den Zähnen knirschen
Ich werde sie mir ausbeißen
Und auch noch auf ihnen kauen
Ich werde ...
Mein Entschluss steht also fest
Er ist klar und unsicher
Er entsprang einer Quelle
Von der ich nur den Fluss sehe
Und in ihm mich im Spiegel, als Spiegel
Hoffe ich, er führt mich zum Meer
Glaube ich, dass es nur ein See sein wird
Denn ich weiß, der Glaube an die Hoffnung
Birgt die Sehnsucht und das ist die Quelle
Ein Rinnsal, das ausufert, zum Strahl
Zu den Wellen des Wunsches, die die Bucht des Traumes ausspülen
Und Skelette von Bedürfnislosigkeiten und Muschelschalen voller Schätzungen hinterlassen

So sollte es sein und doch kommt es immer anders
Ist man auch innerlich noch so zerstört
So wirkt man von außen her nur allzu unversehrt

## TREPPEN

Treppen, die ins Wasser führen
deren Stufen fließende Teppiche berühren

Treppen, die nach unten gehen
dorthin, wo wir nichts mehr sehen

Treppen, die ins Dunkle zeigen
Unsere Schritte verplätschern und schweigen

Treppen, die nach unten gehen
Treppen, zu eng, sich auf dem Absatz zu drehen

Treppen, die ins Dunkle zeigen
Treppen, nur dazu gedacht, um herabsteigen

Treppen, die ins Wasser führen
Treppen nach unten ins Dunkle vor verschlossene Türen

## ICH WEISS

Ich weiß nicht, wie jetzt was nun
wozu gerade warum nicht augenblicklich
Ich weiß nicht, was sich ereignen wird
Ich weiß nur, was auch passiert, geschieht
Und ich weiß, dass ich dabei bin,
nicht mehr im Mittelpunkt stehen zu wollen
Obwohl ich weiß, dass da ständig etwas auf mich zukommt;
von der Größe und Menge her, könnte es mich glatt überrollen
Doch zum Glück weiß ich, ich verstehe vom Meisten zu wenig;
darum geht das Viele auch nie wirklich in die Vollen
Und selbst in dieser Angelegenheit weiß ich um die Andersartigkeit,
es gibt keine Verbote, kein unvernünftiges Nicht-dürfen;
es gibt einzig ein verständiges Nicht-sollen
Das ist der kleine Unterschied,
den es, dort, wo alles erlaubt ist, zu machen gibt
Ich weiß nicht, wie jetzt was nun
wozu gerade warum nicht augenblicklich
Und ich weiß natürlich immer noch nicht, was sich ereignen wird
Ich weiß nur eines ganz ganz sicher, was auch geschieht, passiert ...
einfach

## TEETRINKER

Man sagt dem Teetrinker nach, er sei ein geduldiger Mensch, er ließe sich in seiner ruhigen Art nicht von äußeren Einflüssen stören, die ihn aus dem Gleichgewicht bringen könnten. Auch heißt es, er warte lange, bis er ins Geschehen eingreife, erübrigt sich doch in den meisten Fällen sowieso jedwedes Einlenken, gerade, wenn sie sich von selbst erledigen, oder der Verlauf ein anderer wurde, als man jemals vermuten konnte.

So war es also im großen und ganzen um den Teetrinker bestellt. Er urteilte nicht voreilig, war sehr darauf bedacht, Nachsicht zu üben und überlegte es sich gut, bevor er handelte. Zudem bewog nichts ihn dazu, aber auch gar nichts auf der Welt, Dinge gleichzeitig zu tun, welches bereits an der streng geregelten Abfolge seiner Teebereitungszeremonien ersichtlich wird. Durch diese Festlegungen vermied er jene Verwechslungen, die den Genuss des köstlichen Getränks geschmälert, ja seiner Meinung nach nicht einmal den Namen Tee nach Nichteinhaltung dieser wichtigen Vorschriften verdient hätten. Er billigte dem gepanschten Getränk höchstens den Titel Wasser mit Geschmack zu und sich selbst eine Verstimmung seiner Geschmacksnerven, die allerdings zu einem Aufbrausen gegenüber dem Verabreicher solcherart beschaffenen Gifts führen konnte. Tief empfand er diese Beleidigung, tiefer als jede bodenlose Tasse. Doch besann er sich im selben Augenblick, im Ausbruch selber, wie unziemlich sein Verhalten war, entschuldigte sich schnell und bot dem Gastgeber an, der darob in große Bestürzung oder großen Ärger geriet - wer vermochte das im Nachhinein zu entscheiden, zumal niemand außer den beiden zugegen war? - ihm die die richtige Temperierung beim Wasseraufkochen, die richtige Menge Tee des Aufgusses, die richtige Dauer des Ziehenlassens für die jeweilige Sorte Tee zu erklären, zu zeigen und zu demonstrieren. In den meisten Fällen fügte sich der Gastgeber, vielmehr war kein einziger bekannt geworden, in dem es nicht so gewesen wäre, wollte er doch ebenfalls als geduldiger Teetrinker gelten, der sich vor allem durch seine Beherrschtheit gegenüber sich und anderen auszeichnet.

Da es freilich weithin bekannt ist, dass kein einziger Teetrinker alle Zubereitungsformen für jede der zahlreichen Arten von Tee, die es nun einmal gibt, weiß, konnte er seinerseits korrigierend eingreifen, ohne dass der andere Teetrinker ihm deswegen übel gesinnt gewesen wäre.

Am Ende mochten sie übereinander in Gedanken wohl gegenseitig sagen: Lass ihn ziehen.

## EIN WEGSTEIN, AUF DEM STAND WEGSEIN

Ich arbeitete gerade an einem Stück leeren Papiers, als es an die Tür klopfte, obwohl ich damals noch eine Klingel hatte. Ich erinnere mich genau an ihren Klang, ein schriller, durch Mark und Gebein fahrender Ton, eine von diesen Klingeln, wie man sie früher als Kind mit einem Rosendorn einklemmte, so dass deren Knopf auf etwas permanent Geräuschvollem verharrt, sirenenhaft wie eine Alarmanlage, die das zentrale Nervensystem direkt anzusprechen vermag.

Jetzt allerdings stresste mich dieses unheilvolle Klopfen, jene zwei kurz angehaltenen, schnell hintereinander erfolgenden und sauber mit dem Knöchel ausgeführten, aus dem Handgelenk geschüttelten TamTams: TamTam...Ich bin nicht da...TamTam...Wer ist da...TamTam...Ich bin für keinen da...TamTam...Ich bin nur für niemand da...TamTam... Waren das gerade Gedanken...Tam Tam...Tastenanschläge...TamTam...Oder gar Schreie...TamTam... Irgendwann waren dann die TamTams treppwärts gegangen oder mit dem Lift gefahren, egal, die Hauptsache war, dass sie schleunigst verschwanden, denn sie schafften es doch tatsächlich, mich aus meiner nun glücklicherweise wieder hergestellten Abwesenheit zu bringen.

## WIDER DAS ANTI IM NON - EIN GEGENGEDICHT

Die Triebfeder ist der Angelpunkt für das Windei
Das Steuerrad im Laderaum ist der Ausguck
An der Fahnenstange hängt ein Dreieckswimpel aus dem Verbandskasten
Die rote Rotzfahne wird geschwenkt und wirkt beschwingt in Luftzügen und Wasserlöchern
Aus der Kamelwirtschaft wird auf der Tragbahre zur Seebestattung im Salzsturm freigegeben
Feuerkommando für Glutausdruck im Aschenbecher und ein dreimaliges Schusssalut Peng Peng Tut

Zweckentleert und sinnentfremdet hallt ein Echo (dem Merkmal des Gedichts schlechthin im Rufen wie im Hervorrufen) im Endreim wider.
Der Dichter ist einfach jemand, der es nicht fertigbringt, Seiten ganz zu füllen.
Dafür besitzt er den denkbar größten Abstand zum Papier
und die fühlbar größte Distanz zu den Wörtern.
Zweckentfremdet und sinnentleert klingen die Worte aus seinem Mund in ihren Ohren nach.
Sinnentfremdet und zweckentleert tauscht er sie aus.

Der Verbandskasten ist der Laderaum und der Angelpunkt
Für die Fahnenstange, an der eine rote Rotzfahne beschwingt wirkt
Auf ein Kamelkommando mit Feuerschuss wie ein Ausguck
Wird in der Becherwirtschaft das Tragwasser der Salzsee
Die Luftsteuer und der dreimalige Eitrieb freigegeben
Der Salutwimpel hängt im Sturmwind in den Ausdruckslöchern von Glutzügen einer Federbahre
Die zur Aschenbestattung des Dreiecksrades geschwenkt wird..wird..wird..Wirt..Noch ein Glas.

## AUSBRUCH

Von den Fluchten geschlagen
Bringt der Eskapismus die Eskapaden
Flüche, die einen überragen
Bocksfüßigkeit, beginnend bei den Waden
Das Hufeisen um die Fessel
Mit Geschick an Unglück geschmiedet
Billiger Sitzplatz Brennnessel
Von glühenden Macheten umgenietet
Und in die Wälder zurückgetrieben
Einer Brandrodung mit einem Haar entwichen
Durch den stinkenden Schlick geschlichen
Ein Häufchen Asche ist übrig geblieben
Der Mörser hat es staubig zerstieben
Knochenkalk zu Hornhaut
Mark in Pigmente
Davon feines Süppchen gebraut
In das Rehauge flennte
Eine Feuerstelle während des Wasserholens
Die unsicheren Schritte eines Fohlens
Als Spuren im vulkanischen Gestein
Der sichere Untergang des Verkohlens
Aus Lava ward gebrannter Wein

## FUNKEN SPRÜHEN

Opfert euren Glauben
Zugunsten von Menschenleben
Tierleibern und fleischfressenden Pflanzen
Schlachtet die Gaben
Aus Gold wird Blendung ein Werk
Das zu Gedanken triumviratweise in Gegensätzen schreitet
Dem Altar vorstehend
Ein Gemeinde zählt Abrechnung
Ohne Gewähr schwer möglich die Verbindlichkeit
Löst eure Ketten
Auf zu den Schmieden der Pläne
Hier und dort und allerorten Makulatur
Die Fronten systematisch ausrotten
Totale Kapitulation als Endsieg
Tot alle
Im Kap der Hoffnung
Wuchert eine Bucht
Am Rauschen
Erkennt ihr die Funkstille

## DIE GESCHEITEN UND DIE GESCHEITERTEN

Ein Scheit Holz brennt noch
Ansonsten die üblichen Einsilbigkeiten
Ich Wir Uns Ihr Sein Er Sie Es Mich
Was wir uns zu sagen haben
Können wir uns auch denken
Einstmals war da so etwas wie eine Verheißung
Nenn es Lagerfeuerromantik oder sonst wie, was weiß ich denn
Auf jeden Fall ist davon nichts mehr übrig als eine Verheizung
Von den Gescheiten und den Gescheiterten lässt sich nur eines ableiten
Was die einen geschafft haben, das hat die anderen geschafft
Einer ist durchs Feuer getanzt
Den anderen hat's verbrannt
Nur einen einzigen gab es hierzulande, der war darauf vollkommen ganz und gar vorbereitet
Denn bei allen anderen kam es ja unverhofft, und dieser ist dann auch richtig gescheit gescheitert
Als er von den Gescheiten und den Gescheiterten zu ihnen selbst - den Gescheiten
und Gescheiterten - sprach
Nach der Verheißung und der Verheizung nahm er schließlich eine Verheiserung seiner Stimme wahr

## VON DEN ERSTEN, DEN LETZTEN UND DEN LEEREN VERSPRECHEN

Sie erfolgen beim Schnalzen einer Zunge
Oder beim Einrasten eines Kugelschreibers
Sie verursachen diejenigen Geräusche
Die du irgendwann einmal vernommen hast
Als deine Wahrnehmung noch empfänglich war
Und die dir damals die dir zustehende Portion Vertrauen eingeflößt
Bzw. Die dir etwas von Freiheit, Gleichheit und Brüderlichkeit eingeflüstert haben

Wie sollen wir nur diese Ideale aufgeben
Die wir nie richtig hatten
Geschweige denn je für uns beanspruchten
Von denen wir wussten
Dass sie niemals existierten
Wie sollen wir diese gutgemeinten Klapse
Die in Wirklichkeit höllenweh taten
Bloß von uns abwenden, um sie endgültig loszuwerden

Warum lernten wir ausschließlich unser Mitleid zu teilen
Und unsere Faust in den Mund zu stopfen
Oder noch schlimmer
Sie in die Tasche zu stecken
Zu all den anderen dort angehäuften Dingen
Unsere Erziehung besteht einzig aus Reingefressenem, Angelagertem und Überworfenem
Warum zum Teufel hat man uns nur beigebracht
Wie man Dominosteine aus leicht zersetzbarem Plastik hochstapelt
Wie man Berge von Müll erklimmt, um daraufhin die schöne Aussicht zu genießen
Um ausgerechnet dort mit unseren eigenen Körpern spielen zu müssen

An dem Ort, von dem ich spreche, ist die Welt erst dann auf der Stelle wieder in Ordnung
Wenn auf jeden Voyeur ganz genau ein Exhibitionist kommt
Beim Schnalzen ihrer Zungen werde ich seitdem immer
An das Einrasten eines Kugelschreibers erinnert

Und dass es so etwas wie Erlösung für sie nicht gibt, nicht geben kann und wohl auch nie geben wird

## DAS QUÄNTCHEN KONSEQUENZ

Einst, als ich alle Poesie besessen
Hatte ich niemanden
Wollte sie nur schnellstmöglich vergessen
Wie zuvor die Bekannten
Die Flüchtigen, die Festen, die Probanden

Nun, da ich alle Poesie besitze
Ist da nirgendwo kein Niemand
Will nur noch Gedankenblitze
Um danach unbekannt
Flüchtig und fest zu sein: ein Proband

## TAKTIKEN GEGEN STRATEGIEN

Es wird der kleinste Anlass zum Grund
Wenn aus der Angelegenheit keine große Sache gemacht wird
Und da sagt dann einer: Das ist ja ein Ding
Worauf ein anderer bemerkt
Dass das gegenständliche Denken
Situationen nicht mit einschließen sollte
Das schlimmste überhaupt ist
Wenn das gegenständliche Denken
Sich in Räumen einschließt
Zunächst ist man dort unbehelligt
Mit seinen Reflexionen
Man meint, dass man überlegt
um sich vorzustellen, dass man träumt
bevor die Szene sich verdüstert und Spiegel
Fensterscheiben und sonstige Gläser
Reflexionen entsenden
Die nichts mit dem zuvor Genannten zu tun haben
Wollen ist das zu können
Was Wünsche gar nicht wissen mögen
So wird eine Lappalie zu einer Bagatelle
Zu der Marginalie am Rande der Peripherie

## ALS SONNE UND MOND GLEICHSAM IHREN SCHATTEN WARFEN UND IN DEM EINEN LÄNGER, BREITER UND GRÖSSER WURDEN

Wenn sich unsichtbare helle Strahlen senden
Tief ins Auge fallen und einen stark blenden
Den schwachen Geist umnachten und die Wesensschau beenden
Mehr Hitze und Frost denn, als Wärme und Kälte spenden
Dann sollte man nicht vorschnell abwehren mit seinen Händen
Könnten sie doch erstarren, dann sollte man sich abwenden
Nach höheren Belichtungszeiten suchen, die sich langsam fänden
Das Blickwinkelobjektiv abschrauben und das Sichtsubjektiv ändern
Auch die neue Fassung nicht bewahren in übereinander geschobenen Rändern
Mit dem Licht und nicht in das Licht gleichsam von jeglicher Seite erleuchtet schlendern

Dieses bewegende Bild sei fortan zu schmücken mit sämtlichen verfügbaren bunten Bändern
Von jedem einzelnen farblosen Menschen auf der ganzen Erde und in allen Ländern

# VII. DEADLINE

## AUF DEN GESCHMACK GEBRACHT

auf den geschmack gebracht lechzen wir
nach den lefzen der letzten lehren
die uns bei schlaf & wachtraum bewußtsein beibringen sollen
wir verbeißen uns in das rad des schicksals
bis wir selbst mit seinem räderwerk und allen schikanen verzahnt sind
wir lecken unsere wunden und sämtlichen mühseligen schweiß
das salz der erde ab
in den sarg unseres schlundes unseres mundes
der kehle der seele in redseligkeit der fremden zungen
die mit ihren zwölf fingern in lärmenden därmen
nach unseren scharf übersäuerten mägen griffen
die die milch aus unseren zähnen molken
verwelkte weisheit zog aus nervenenden
dass die schnauzen nur so aufjaulten
was die mäuler da zuwiderkäuten
und die lippen kopfüber in den trog kippten
den ewig-schwarz-schlick-verschlammten
süßlich zu dürsten nach bitterer düsternis

## SAUGSTAUBER

Ein Zungenkuss ist wie ein Lungenzug
Beim Rauchen wird nicht rumgeschmust
Sonst gerät der Qualm in den falschen Hals
Das ist natürlich eine Frage des fehlenden Geschmacks
Nerven dich etwa die überfüllten Aschenbecher auf dem Nachtschränkchen
Kommt durch die Brandlöcher denn nicht mehr Licht aus dem Schirmlämpchen
Hat eine Matratze nicht mehr Charme, wenn die Federn zu sehen sind
Ein geteertes Bett sieht doch aus wie geleckt
Mein Schatz, du hast da Ruß am Kinn
Und deine Lippen sind heut' ziemlich schwarz
Aber dafür sind Deine Nasenhaare endlich weg
Nur deine Zähne wirken etwas belegt, so das war's
Ein Lungenzug ist wie ein Zungenkuss
In beiden Fällen hat jemand etwas abgeknutscht

## ALPTRAUM

Todmüde legte ich mich morgens zu Bett.
Es hatte keine Nachtschicht stattgefunden.
Sie war ausgefallen aufgrund einer Ursache,
von der ich nur die Wirkung zu spüren bekam.
Ich konnte mich nicht daran erinnern,
in dieser Nacht gedacht oder gefühlt zu haben,
obschon ich bei Bewusstsein war,
welches nicht einmal getrübt,
allerdings auch nicht klar gewesen,
um einen Dämmer-, Rausch- oder visionären Zustand
gänzlich ausschließen zu können.
Mir war nur ganz ausschließlich eines bewusst,
für das ich die drei Worte fand:
Wach. Schlaflos. Lebensmüde.

## DIE WACHEN

Ein Tor fällt ins Schloss.
Das Schloss stürzt in sich zusammen.
Der Schließmechanismus ist ausgerastet.
Organismen liegen bloß.
Sie zeigen sich den Augen erkenntlich,
indem sie sich der Wahrnehmung entziehen.
Das Bewusstsein füllt sich mit Tränen und Luft.
Ein Regenbogen entsteht.
Erfahrungsgemäß handelt es sich um die Farbe der Augen,
die ins Innere zurückgeworfen stroboskopartig flackert,
einem hellen Grablicht gleich, welches im Begriff steht, das Zeitliche zu segnen.
Der Verstand setzt aus.
In der nächsten Runde wird mehr bemerkt werden.
Ein Tor aus Holz fällt ins Schloss. Ein Baum also.
Das Schloss stürzt in sich zusammen wie ein Kartenhaus.
Papier. Der Druck des Schließmechanismus lässt ausrasten.
Organismen liegen bloß. Bloß eine Organtransplantation.
Sie zeigt vorerst das Auge im Querschnitt.
Erkennbar werden Wahrnehmungsmöglichkeiten, die sich dem Bewusstsein entziehen:
Die Tränen füllen sich mit Luft.
Der Regenbogen ist eine Erfahrung, die mit Handlung nichts zu tun hat.
Die Farbe der Augen verinnerlichend, erscheint das Flackern des Stroboskops
in einem neuen Grablicht. Die Begriffe verwirren sich, und die Zeit wird heilig gesprochen.
Der Verstand setzt immer noch aus.
Die Wachen aber sind lange schon von ihrer Runde zurückgekehrt.

## EIN MÖGLICHES ENDE

Voller Unrast ist die Pausenlosigkeit der Geschehnisse
Einzig unterbrochen durch Wissen und Willen
Um die Zufälligkeit einer Abfolge ihrer Umwege
Von Bergen auf Hügel sich überstürzende Lawinen
Larven, rollend, sich wiegend, Schicksal ausübend
Sich ausbreitend auf der Flächendeckung von Überschattungen
Des Um-sich-Scharens der Ereignisse
Des Um-sich-Schlagens von Erfühltem
Aus Erfülltem wird fortan der Zapfhahn nie mehr versiegen
Das sind die Sirenen, die lauthals zu heulen beginnen
Unser Ausgangspunkt kann der Anfang nicht gewesen sein

## DIE ZUKUNFT

Morgen ... heute werde ich mich zusammenkrümmen unter dem Schauer des Duschstrahlers, darunter stehend; mein Körper wird keine Gefühle beherbergen, Hitze und Kälte werden gleichermaßen herabprasseln, beides wird Unbehagen verbreiten, ich werde zwischen roter und Gänsehaut schwanken (ein Indianer kennt keinen Schmerz, Gänseleberpastete allerdings auch nicht); die vermeintliche Erfrischung wird bestimmt eine Unterkühlung herbeiführen, während eine wallende Erhitzung das Blut steigen lässt, es schießt in den Kälteschock und verabreicht der Wärme einen Hitzeschlag; das bewirkt eine Kreislaufschwäche, die erneut ins Schwanken geratend, Ratschläge verteilend, Meinungen vertreten, die den Puls fühlen, der zu der Ansicht gelangen wird, dass keine Einstellung richtig ist, denn diese Kabine verfügt über keinen thermostatischen Regler und hat keinen Vorhang, sie gewährt das Überlaufen, eine Kronkorken-regelung, dies bezeugt schon das Versprühen von Charme in den ausgelassensten Wannen, die solchermaßen verstopft, das künstliche Blubbern voranquellen lassen, Blasen werfen, Schaum auftragen, knistern, zischen, platzen, die natürlichen Wellen zur Sintflut ausdehnen, einen Untergang veranlassend, es auf die Spitze treibend, den Kamm scherend, die Gischt mit ihrer Spucke anreichernd, den Fluss aufrechterhaltend, schließlich ein fliehendes Floß ein bebendes Brett sein lassen, darüber stehen, surfen, heute ... morgen.

## FIN DE SIÈCLE

Heute begehen wir in Totengräberstimmung den Abschluss des zweiten Jahrtausends
Für uns gibt es nichts zu feiern, versuchen wir doch verzweifelt, der Geschichte zu entfliehen
Zu dem Zwecke streuen wir auch prisenweise Weißpulver aus mit einem Schuss von Dekadenz
Bleiben wir der schwarzen Magie verhaftet und werden uns selbst noch dem Augenblick entziehen

Zu verstehen und zu wissen und zu ahnen und nur Ahnen alleine dann und wann
Der Bruch mit der Tradition, das Aufgeben alter, schlechter Angewohnheiten
Das Hinschmeißen der Angst vor dem wie auch immer gearteten und eingefärbten Mann
Die Grenzen der Einschränkung erfahren und das bedingungslose Bewahren aller Eigenheiten

Das alles wünschen wir uns und nehmen es uns ebenso ernst erneut auch dieses Jahr vor
Dass danach wieder ein Neues kommt und darauffolgend wohl sicherlich noch ein paar
Das dringt vor lauter Krach und momentanem Vergnügen bestimmt niemandem ans Ohr
Mir wurde es zumindest erst dieses Mal bewusst: in den Morgenstunden wird das Denken rar

Jeder gute Vorsatz und der Wille zur Tat sowieso ist am nächsten Tag verschwunden
Für einen jeden von ihnen hat sich ein umso besserer Grund zur Nichtausführung gefunden
Das wurde mir erst wirklich klar, als ich dieses Jahr plötzlich abrupt aufgewacht war und mich ausnahmsweise nicht räkel
auf einer Couch, pardon, ich meine natürlich eine Chaiselongue, von der Marke "Apokalypse" das Modell "Fin de Siècle"

## DAS IST DER PUNKT

Irgendjemand hat mich mit einem Schraubstock an den Schreibtisch geklemmt, geheftet an ein Heft, das mir auch nicht weiterhilft, nachdem zuerst einzelne Buchstaben in der Schreibmaschine klemmten, dann das Laufwerk des Laptops kaputt war, sofern sich zuvor das Programmiergerät nicht mehr starten ließ und somit verabschiedete und die Schublade ebenfalls klemmte, aus der ich mir Aufschluss über Handschriftliches zu holen hoffte, wenn der Stift nicht jetzt wie durch Zufall aus der Hand rutschen und zielgerichtet mit seiner Spitze auf das Papier zu fallen würde.

## DER UNSTERBLICHE TOD

Der Tod ist eine Ansichtskarte
die weder eine Frankierung
noch einen Absender aufweist.

Das Leben könnte nichts weiter sein
als ein Stempelabdruck auf eben derselbigen:
Empfänger unbekannt verzogen. Zurück zum Absender.

Der Tod wiederum könnte auch etwas anderes sein.
Eine Botschaft in einer Bottel aus undurchsichtigem Glas
in die Haut und Papier angreifendes Salzwasser eingedrungen ist.
Die Wasserprobe, die kein Text bisher je unbeschadet überstand ...

Aufgequollen dann, geometrisch gesehen ein unförmiger Körper
der kontinuierlich nach einer gewissen Raumausfüllung strebend
in sich zusammen sinkt, einfällt, zerbricht als Pflicht zum
Untergang...

Seit geraumer Zeit spricht man immer häufiger davon als
Überlebenstrieb gleich Hilferuf.

Mehr als an Auferstehung und ein ewiges Leben
glaube ich an die vielen kurzen Tode
die zu dem einen, langen hinführen

## DIE SORGEN DER VERSTORBENEN

Was macht den Normalsterblichen aus?
Er würde niemals zugeben,
dass er Angst vor dem Tod hat.
Was macht den Geradesterbenden aus?
Er darf nicht zugeben,
dass er mehr Angst vor dem Leben hatte.
Was aber macht den soeben Verstorbenen aus?
Er kann nicht mehr zugeben,
dass er am meisten Angst vor den Lebenden hat.
Zugabe gefällig?
Du denkst, du hättest das letzte Wort
Als du zu mir sagst: Selbstmord!
Ich habe immer das letzte Wort
Das weißt du mittlerweile doch: Freitod!

## STELLUNGSKRIEG

Die Fronten haben sich verhärtet
Selbst der Tau ist eingefroren
Und waren wir anfangs nur gefährdet
So sind wir jetzt verloren

Rings um die ausgehobenen Gräben
Wuchert diese Kraterlandschaft
Eingeschlagene Mulde, die da klafft
Inmitten von unbeerdigten Gräbern
Schießt von vorne her der Feindliche
Von hinten aber der Vermeintliche
Freund, du hast mich sehr schwer enttäuscht
Denn ich weiß, dass du dich darüber freust

Die Fronten sind total krass verhärtet
Selbst der Tau ist wohl eingefroren
Wenn ihr nur am Anfang … hättet
Dann wäre auch nichts verloren

## EARTH VS. WORLD

Die Erde ist ein Gefängnis
In ihren verchromten Gitterstäben
Gibt es nur Feuer und Metallenes zu bergen
Die Erde ist der Käfig
In dem Menschen sich geschäftig
Gebärden wie tätig sie doch sind, lästig
Sich selbst die Besten – fetzig und fett schick
Älter wird die Jugend einfach nicht
Die Erde ist aber auch der Sarg
Für denjenigen, der Holzallergie hat
Oder lieber Laminat mag
Frag bei jedem Staat genauestens nach
Ob es ebenso bei ihm früher eine flache Scheibe gab
Und Reibereien mit der Tektonik
Aufgrund der akut sich erhöhenden Elektronik
Eingedenk ihrer ersten singulären Person Ich
Die es eigentlich gar nicht gibt
Wie die Erde in ihrer Bedrängung
An und für sich ist sie sicher sicherer
Sicherlich als der Sichelstrich eines Gedichts
Wirklich am sichersten siegt die Welt letztendlich
Durch dieses reichlich missverständliche Geschick

## SUPERNOVA

Die Wüste wächst. Die Vegetation weicht den Felsformationen. Die Steine bedecken das Gestrüpp.

Die Pflanzen ersticken im Sand. Die Quarze reflektieren die Sonne. Die Corona nimmt an Umfang zu. Der Feuerball vergrößert sich zu einem Fußballplatz. Die anderen Planeten geraten ins Abseits.

Das Pfeifen pendelt sich auf dem kosmischen Ton ein. Das Knarzen des Eises. Das Zischen der Flammen.

Die Pole schmelzen. Ihre Kappen glühen rot. Das Licht tarnt sie weiß wie kaltes Gestein. Der Mond geht auf wie eine Blume, die ihre Blätter im Dunkeln hängenlässt. Die Blüten, die herniederfallen, sind die abgeworfenen Schwänze der Tierkreiszeichen. Das Horoskop trennt sich von der Astrologie.

Tektonische Verschiebungen deuten sich an. Die Erdbeben spalten die Hügel. In den Tälern wird Wasser sich ansiedeln. Der Ursprung des Lebens ertränkt seine Wesen.

Die Meere fluten. Die Cluster verschwören sich zu berghohen Wellen, die über allen Häuptern schweben. Ihre Schwingungen bringen sämtliche einzelnen Glieder zum Schwimmen. Sie ragen zerrissen als gebraten-verbrannte Fleischklumpen aus der brodelnden Oberfläche empor, die rot gefärbt zu vulkanisiertem Magma anschwillt, erstarrt zu Gesiedet-Seiendem gesotten, beharrt das Universum auf keinen Anbeginn und dehnt sich aus.

Und die Erde explodiert sicherlich einmal innerlich mit einem urtümlich anmutenden Knall.

## MACHT MACHT MACHT

Macht Macht Macht?
Macht macht Macht.
Macht macht Macht,
macht Macht Macht.
Macht Macht Macht?
Macht macht Macht!

## ALS EIN KIND UNSERER ZEIT

Als ein Kind unserer Zeit
Spiele ich Verstecken
Lasse ich mir nichts anmerken
Und sage an den passenden Stellen
Es tut mir aufrichtig leid
(Hoffentlich trifft es diesmal recht gescheit)
Ich weiß mich so manches Mal einfach nicht anders zu benehmen
Als ein Kind unserer Zeit
Legten sie mir doch schließlich die Gruppenarbeit nahe
Und haben mir nebenher das Ausstechen von Konkurrenten vorgemacht
Sie erwähnten auch etwas von Interessenkonflikt und Meinungsfreiheit
Ob sie damit das Gleiche im Sinn hatten, habe ich nie nach gefragt
Ich war noch nicht so weit
Ich konnte die Zusammenhänge nicht erkennen
Und habe es bis heute zu keinem vollständigen Weltbild gebracht
Nur eins habe ich wirklich geschafft
Als ein Kind unserer Zeit
Lebe und genieße ich diese Verantwortungslosigkeit
Wenngleich ich auch befürchte
Dabei entdeckt zu werden
Denn ich kann wohl niemals zur Gänze verbergen
Dass ich alles andere bin
Als ein Kind unserer Zeit

## VERSCHIEDEN

Verschieden sind alle Menschen
Keiner gleicht doch dem anderen
Nur in einem sind sie sich wirklich ähnlich
Jeder denkt, er sei etwas ganz Besonderes
Und weil niemand von dem Grundsatz ablässt
Diesen nicht auch seinem Mitmenschen zubilligt
Gleicht jeder dem anderen noch
Sind alle Menschen verschieden

## DIE TOTENMASKE ZU LEBZEITEN

Es scheint zu wimmeln wie von Gewürm
Das Zupfen und Reißen an den Koteletten
Es herrscht da drunter ein knisterndes Getös'
Die Totenmaske dient als Lampenschirm
Die heißen Lippen sind verboten zu betreten
Keine Fläche ist eben: alles wirkt porös
Die Augen sind zu, haben nicht mal Höhlen
Wie sie beim Sterben doch aufs Leben hoffen
Die Stirn ist abweisend gegenüber den Ölen
Und siehe: Einzig die Nasenlöcher sind offen

## DER SCHWEIGER

Er ist nicht stumm
Er ist auch nicht scheu
Ebenso wenig ist er besonders verängstigt
Und er ist weder debil noch imbezil
Er redet nur eben weniger als andere
Und er lebt nach strengeren Regeln als sie
Dafür pflegt er allerdings keinen Glauben zu besitzen wie sie
Und sie, sie werden aus ihm nicht so richtig schlau
Manche von ihnen halten ihn schlichtweg für dumm
Die Mehrzahl jedoch hält ihn für äußerst verschlagen
Oder zumindest vermuten sie, dass er sich häufig verstellt
Vielleicht tut er das ja unbeabsichtigt, nehmen einige ihn in Schutz
Aber irgendein Geschick werfen sie ihm alle vor
Dabei mag er lediglich keine Markenprodukte
Und meidet die Menschen, die sie tragen
Er kann diese Art der Uniformierung nämlich nicht leiden
Diese Leute gehören für ihn zu den Herden der Masse
Die außer ihrem Status kein anderes Symbol mehr anerkennt
Er ist einer der wenigen, die sich fragen
Worauf sich diese Form der Armut eigentlich begründet
Warum man Prestige denn nun für so etwas wie Reichtum ausgibt
Und er, er flieht stets vor all den erbärmlichen Kreaturen
Um sodann keine weiteren unnötigen Worte darüber zu verlieren
Sondern wieder auf sein ehemaliges Schweigen zu verfallen
Dabei hätte er euch doch soviel zu sagen
Zum Beispiel, dass er ein guter Zuhörer ist
Der sich allerdings nicht mehr wie früher mit jedem Geschichtchen belagern lässt
Oder, dass er jetzt leider aufhören muss
Da er nach seinem Geschmack
Allzu sehr ins Plaudern geraten ist
Und euch bereits die meisten seiner Geheimnisse verraten hat
Wenigstens einen kleinen Rest muss er für sich behalten

INHALTSVERZEICHNIS

Printed in Poland
by Amazon Fulfillment
Poland Sp. z o.o., Wrocław

62709447R00103